現代詩人探偵

紅玉いづき

JN211011

とある地方都市でSNSコミュニティ、『現代詩人卵の会』のオフ会が開かれた。九人の参加者は別れ際に、これからも創作を続け、十年後に再会する約束を交わした。しかし当日集まったのは五人で、残りが自殺などの不審死を遂げていた。なぜ彼らは死ななければならなかったのか。細々と創作を続けながらも、詩を書いて生きていくことに疑問を抱き始めていた僕は、彼らの死にまつわる事情を探り始めるが……。生きることと詩作の両立に悩む孤独な探偵が、創作に取り憑かれた人々の生きた軌跡を辿り、見た光景とは？　気鋭の著者が描くミステリ長編。

現代詩人探偵

紅玉いづき

創元推理文庫

RHYME FOR CRIME

by

Iduki Kougyoku

2016

目次

現代詩人探偵

序章

探偵

蒼ざめた馬

夜明け前に見つかった死体は、
くすんだ橙の落ち葉の中で、
苦悶の表情を浮かべている。
ここにあたらしき死があり、
同時に古き命題が示された。

生きている異常を捨てて、
死んでいる永遠に組み込まれる、
その因果について。
探さねばならない犯人がいる。

暴かねばならない死因がある。
そして、定めなければならない動機がある。
死に至る、病などはないこの世界で。

隠されたはずの凶器、
崩されない不在証明、
喪失され、耗弱した心神において、
無名の死に、問われる罪はない。

死んでしまえばそれまでだから。
生きているうちに、見つけてみせる。
真実などはなく、
犯人などはいなくとも、
僕を殺した、僕の生きた意味を。

詩を書きたくて詩人になった人間なんていない。

僕はずっとそう思っている。コンビニバイトの夜勤を終えて、気の滅入《めい》るような朝の雨に向こう脛《ずね》を打たれながら。時間通りに来たためしのないバスを待つ慰《なぐさ》みに、詩について思っている。

詩を書きたくて詩人になった人間なんていない、というのが僕の持論だった。何かを語りたい人間は多いだろう。何かを書き記したい人間も、もしかしたらそれなりの数いるかもしれない。けど、その中で詩を選ぶということは。数多の表現の中で、詩を、よりにもよって詩を選ぶということは。

詩しかなかった、ということなのだろう。特別なことではなく、詩以外があるならばそうしていた。他のすべてが出来なかったから、最後に、あるいは早々に詩にたどりついたのだ。袋小路に入り込むように。諦めて、挫折《ざせつ》して、絶望して。そんな場所からしか生まれないのだとしたら、詩は肯定ではなく否定の文学だ。

水溜まりの水をはねながら乱暴に停まった、赤いバスの入り口を、ＩＣカードで叩くようにして、終点も間際で人気《ひとけ》の少ないバスのシートに腰を沈める。

途端にどっと、昨夜からの疲れが身体に現れるのがわかった。いつもと変わらないルーティンワークの業務内容。掃除と品出しと発注と接客と。通勤客で混む前に上がってしまうけれど、それでも、仕事は疲れるし、そもそも人間でいることは疲れる。

人間は疲れる、と心の中でもう一度リフレインする。その響きを摑まえて握って、こねまわして。何かにならないのかと問いかける。何かって、なんだ。

バスの窓は雨のせいか、初夏だというのに曇っている。人を不快にする湿度。曇りの向こうに映っているのは、眠そうな自分の顔だった。目つきの悪い細い目の下には消えることがないくまがあって、長めの前髪でも落ちくぼみは隠すことが出来ない。

その顔を見て、唐突に、このまま老いるのか、と思った。二十五歳という自分の年齢が、ターニングポイントに直面している。当たり前のことだった。当然のこと。生まれた時から死に続けている僕達は、成長と老いという言葉をうまくすげかえて大きくなり、じきに小さくなり、最後には消えてしまう。喪失してしまう。なかったことになる。

それに抗うように、何かを残そうと苦心するのだろう。何かとはお金であったり、土地であったり、子供であったり、名前かもしれないし、もしかしたら、詩であることもあるかもしれない。言葉には実体がない。だから、残すことは難しい。今更すぎて当たり前すぎる。わずかな吐き気とともに僕は思う。

楽になりたいなら詩じゃなくてよかった。

幸せになりたいなら詩じゃなくてよかった。

それは事実であり、現実だ。不機嫌な顔をした、何者でもない僕がたとえば、自衛隊駐屯地で腹を割いても、世界を変えることは出来ない。かの有名な、偉大な作家でさえ無力であったように。

不安をかきたてる耳障りな音を上げて、バスが停まる。完全に停車するまで座っていろとアナウンスは命じるのに、早く降りろとせかすようにドアが開く。僕は無言でバスのスロープから雨空へと暴露される。乗客は僕ひとりになっていた。

霧のような雨が降る中、松並木のそばを通り、橋を渡り、夜の間しか鍵のかかっていない家の通用口を開く。おかえり、と奥の台所から母親の声がする。あんた、傘持っていきなさいっていつも言ってるでしょう。うん、ともああ、ともつかない返事をしながら、狭い階段を上がっていく。四つん這いで逃げるように。雨に濡れた肩が熱を奪っていくのがわかったけれど、それを拭くのにタオルを使うことは、罪悪感を刺激する行為だろうから。

いろんな言い訳を並べて理由をつけて、つまるところ僕はすべてが面倒なのだった。億劫《おっくう》で、嫌気が差しているのだ。生きることにも、人間でいることにも、言い訳をすることにも、そして、もしかしたら、詩を書くことにさえ。

立て付けの悪い屋根裏の薄い扉を開けると、部屋にはすでに同居人がいた。足にまとわりつくそいつに、ただいまと言う代わりに銀皿へ餌《えさ》を流す。

家の裏の河川敷で拾った黒猫だった。名前は三日月《みかづき》。ただその名前で呼ぶのは僕だけで、家族はネコちゃんとかクロちゃんとか、好きなように呼ぶ。それでいいのだと思っている。第一、僕と三日月の暮らしには、名前を呼び合う必要も生まれない。

カリカリと餌を齧《かじ》る音をＢＧＭに、僕は布団が敷かれたままになっている折りたたみベッドに倒れる。枕元にあった現代詩の雑誌をとりあげて、あてずっぽうにページを開く。現代詩の雑誌のはずなのに、開くページのほとんどは随筆と詩論だった。そしてその中でも、結構な割合が最近死んだ詩人への追悼だった。

最近の詩壇には、いや、もうずっと長い間、詩壇には先人の死よりセンセーショナルなことがない。

つまらない雑誌だと思う。そして何よりつまらないのが。

最後の読者投稿欄、選外にも名前が挙がらなかった自分と自分の詩のことだった。名前は、何度見てもない。ないものはこれ以上、探すことは出来ない。ああ、言い訳をするのにも疲れたと怠惰《たいだ》が頭をもたげる。

初めて詩を書いたのは小学校の授業だった。授業でもないのに自発的に詩を書いた最初は、中学生になったばかりの頃だった。どんなきっかけがあったのかは覚えていない。詩らしきものをいくつか書き散らし、詩めいたものをいくつか完成させた。それで何かを手に入れたような気になっていたし、何も手には出来ないような気持ちにもなっていた。外では雨が強くなってきたようだ。トタンを叩く雨粒の音は、思い出さなくてもいいものまで連れてくる。

放課後の教室で、僕の詩を手放しに誉めてくれた友達がいた。ともに書こうと、言ってくれた友達がいた。読み上げる声は耳にこびりついている。音読なんて、ひどい蹂躙《じゅうりん》だとは思わなかった。はりのある声で、僕の詩は誰もいない教室によく響いた。

思い出は真綿のように心臓をしめあげる。

どうして見せたのか。なぜ読ませたのか。仲間が欲しかったのだろうか。なぜだろう。どうしてあんなに、仲間を欲しがったりしたのか。仲間なんていてもどうしようもないのに。結局は、たったひとりなのに。書く時も、読む時でさえ。ひとりだったからこそ、誰かにいて欲しかったのか。自分と同じ、自分ではない、たったひとり。ひとりなのは、自分だけじゃないと思いたかったのか。

あれは、確か、十五の——

そこまで考えて、十五という当時の自分の歳と、それから二十五という今の自分の歳が唐突につながった。つながって、バネみたいに跳ねた。突然起き上がった僕に、三日月が驚いて壁際まで走る。僕は祖父のおさがりの文机《ふみづくえ》の上で、埃《ほこり》をかぶっている古いノートパソコンを開いて、電源ボタンを押して起動させた。パスワードは、『さびしいじんかく』。年代物のノートパソコンは起動が遅くて、老人のようだった。その間も僕は、携帯のカレンダーを見ていた。カレンダーは五月の終わりを示していた。

立ち上がったパソコンの反応の遅さをもどかしく思いながら、HDDに検索をかける。記憶の通りであれば、僕が消していなければ、「それ」はまだ残っているはずだった。

ファイルは日付順だったから、該当のログはすぐに見つけることが出来た。2004年6月

6日。今日の日付が五月の末であることをもう一度確認して、間に合ったと思った。僕は、この日記について、思い出すことに、間に合ったのだと。

日記の冒頭には、《探偵》という題目のついた、一編の詩。

そして続く日記には、その日もまた、雨の日だったことが、書き記されていた。

2004年6月6日（日）

雨の日だった。

『現代詩人卵の会』地方都市オフが開かれたのは、駅の隣のファミレスだった。僕は家を出る前になぜか一瞬、制服を着て行こうか、と迷ったけれど、日曜日の街中を理由もなく制服で歩く勇気がどうしてもなかったから、ジーンズにポロシャツという、特別感のない恰好になってしまった。

家を出る時に、どこに行くの、と聞かれ、ちょっと、と答えた。ちょっと、遊びに、とは言えなかった。僕にとっては遊びではなかった。

初めてファミレスにひとりで入った。今までファミレスには家族でしか入ったことがなかった。

いらっしゃいませ、と言われ、狼狽《うろた》えてしまった。待ち合わせ。予約。なんて言えばいいんだ、そう思ってぐるぐると考えていたら、僕の後ろに入ってきた人が、「十六時から八人くらいで予約してあると思うんですけど」と言った。はっとして、「僕もです」と言った。

　相手の男の人は、僕を見て会釈をしてくれた。

　その時出会ったのは、あとでわかることだけれど、近藤奇人《こんどうきじん》さんだった。

　僕らは自己紹介をする間もなく、奥に通された。座ったことがない、喫煙席だった。すでに男女あわせて四人ほど、コミュニティのメンバーが集まっていた。

「君、探偵くん？」

　奥に座ったひとりがそう言った。治田《はつた》ビオコさんだった。

　僕は驚いた。知っての通り僕のハンドルネームは「蒼ざめた馬」だ。呼びにくいことはこの上ないけれど、探偵なんて、ハンドルネームを使ったことはなかった。けれど、僕のことだとすぐにわかった。

　今回『現代詩人卵の会』コミュニティでは、オフ会を開くにあたって、自己紹介と一緒に一編の詩を提出することになっていた。僕が提出した詩が、冒頭にあげた《探偵》という詩だった。だから僕のことを探偵と呼んだのだ。とても照れくさく、けれど少し、誇らしかった。

　その後もメンバーは順調に集まり、約束の十六時にはすでに、その日の参加者の九名が揃っていた。櫻木遊侠《さくらぎゆうきょう》先生、近藤奇人さん、治田ビオコさん、舵《かじ》ヨウスケさん、小木屋《おぎや》さん、夏炭《かずみ》さん、明日田《あすた》さん、遠野昼夜《とおのちゅうや》さん、そして僕だった。最年少は僕で、女性ばかりかと思っていたが、女性はビオコさんだけだった。初対面の大人の中に子供ひとりだったから、あがってしまってろくに話すことも出来なかったけれど、それでも僕にとっては、とてもとても有意義な時間だった。

自己紹介をし、詩の合評を行った。《探偵》についても、みんなが良いところを見つけてくれ、つたないところにはもっと良い表現がないかを考えてくれた。補強し、改稿し、いつかこの《探偵》という詩を、僕の代表作として仕上げてみたいと思った。そう、みんなが僕のことを探偵くんと呼ぶように。

合評を終え、僕らは心ゆくまで現代詩壇についてのもどかしい気持ちを語り合った。新潟からはるばる櫻木先生がいらっしゃったことで、文章を書いて食べていくということがどういうことか。夢物語ではない現実の一端、に触れられたような気がする。

『現代詩人卵の会』コミュニティの参加条件には、『将来的に、詩を書いて生きていきたい人』とある。

詩を書いて生きていくとはどういうことなんだろう。

ずっと詩は捨てずにいきたいけれど、詩を書いて生きる、ということがわからなかった僕にとって、一筋の光明が見えたような気がした。

最後に僕らは、次回オフ会の話をした。次回といっても、定期的に開こうというわけではなく、志《こころざし》をもちそれぞれが詩作に励み、そしていつか詩人として再会しよう、という約束めいたことだった。

「十年後というのはどうだろう」

そう言ったのは、近藤奇人さんだ。

「十年後、六月六日。カレンダーを見たら、平日みたいだし、夜の九時くらいがいいかな。集まれる人だけでも、この店に集まって、近況を報告しあわないか」

十年後。僕にとっては、なんだか途方もない未来の話のように思えた。けれどひとつだけわかっていることがある。

十年経っても僕は、詩を書いているだろうということ。

そして、十年後の僕は、詩を書いて生きるということに、ひとつの答えを見つけ出していたらいいと思った。

家に帰り、どこに行ってきたの、とやはり聞かれた。

ちょっと、と僕は答えた。ちょっと、そこまで。

詩の未来まで。


本日参加の皆さん、本当にありがとうございました。

十年後、都合がつくかわからないけれど、どうかまた、今度は詩人として、出会えたらいいですね。


ひどく、感傷的な日記だと思った。とりつくろって、美辞麗句《びじれいく》を並べて。自分のためではなく、訪問者に向けた、公開手紙のような日記だった。その証拠に、その日記にはいくつものコメントが書かれていた。ほとんどがすべて、その日に出会ったメンバーからの返信だった。誰かに見せ、そして反応を語りかけられる時点で、それはもう日記ではない何かに変質してしまっているのではないだろうか。

でもあの頃、それに多分今も、いろんな人間がネット上のいろんな場所に日記を持っていて、書き散らかすように言葉を紡いでいるに違いない。

活字の羅列で瑞々《みずみず》しく語る感傷的な十五歳の「僕」こと、ハンドルネーム「蒼ざめた馬」は、その場所をこのサイトに決めた。

このサイト、といってもこれはＨＤＤに保存されたログで、ＵＲＬ自体がもう使用されてはいない。検索にもひっかからないし、かろうじて、検索サイトのキャッシュにその名残を見かけるだけだ。

mixiという、オレンジ色のページからはじまった、ソーシャルネットワークは、それこそ熱病の流行みたいに僕達の間に蔓延《まんえん》していた、と記憶している。当時の僕達は十八にはなっていなかったから、mixiには登録出来なかったけれど、そこから派生したたくさんのソーシャルネットワークのうち、「蒼ざめた馬」が登録したのは「poetring」という、企業ではなくユーザー作成型のソーシャルネットワークサイトだった。

poetringは、詩を書く人、詩を読むことが好きな人で構成されたソーシャルネット、と保存されていたトップページにはあった。読むことが好きな人、と銘打たれてこそいたが、詩というのは手軽な表現方法であったから、ほとんどが何かを書きたい人ばかりだったようだ。表現という娯楽。

読みたい、よりも、書きたい。

そして、読んで欲しい。誰かに。

そんな人間ばかりだったし、「蒼ざめた馬」もまた、そんな人間のひとりだった。所属して、どこかの誰かになって。ひとりが嫌だった、のかもしれない。仲間が欲しかったんだろう。誰に勧められたわけでもなかったのに、自分からそんな世界に飛び込もうと思ったのは、子供だったというだけの理由で片付けられるのか。

多分、あの頃誰もが、同志が欲しかった。理解者が欲しかった。友達が欲しかった。

今ではどれもが鬱陶《うっとう》しくて、自分から避けて逃げてしまうのに、若いということは、幼いということは、本当に無知で恐ろしい。

メールアドレスとパスワード登録という簡単な手続きでpoetringに加入した「蒼ざめた馬」は、いくつかの日記を書き、これまで書いた詩を載せ、他人の日記を読み、イイネ、というボタンを押し、そして『現代詩人卵の会』というコミュニティに入った。

その記録のすべてがここに残っている。

コミュニティ、とはそのソーシャルネットワークの中で形成されるグループのことで、同好者同士が集まり、交流する。ただそれが好きだ、というだけで加入出来るものもあったが、『現代詩人卵の会』には条件があった。

年齢性別職業問わず。ただひとつだけ。――将来的に、詩を書いて生きていきたい人。それが条件だ。

詩を書いて生きていきたい。

それは、一体どういう種類の願いなのだろう。サッカーが好きな子供がサッカー選手になりたいと叫ぶのとは違うのだ。どう、違うのかは、わからないけれど。

コミュニティに加入するとそのメンバーだけが見られる掲示板があり、実際に見てみると、構えていたほど高尚な議論がなされているわけではいなかった。

僕はこれまでに何度も見たそのログをまたたどる。

最近書いた詩のこと、最近読んだ詩のこと、それに加えて、最近投稿した詩のこと、それから詩の賞についてのトピックが賑わっていた。櫻木遊俠先生という、実際に文筆家であり小説としての著作がいくつもある有名人もいて、そんな人とも言葉を交わすことが出来るだなんて、インターネットというツールがもつ飛距離は本当に長い。

その中で「蒼ざめた馬」は中学生という肩書きを珍しがられてぽつぽつと声をかけてもらい、日記や掲載詩にもレスがつくようになった。プロフィールには、年齢と性別、それからハンドルネームの由来について。『朔太郎《さくたろう》の《蒼ざめた馬》から。クリスティでもロープシンでもありません』とだけ書かれてある。僕はちらりと欠伸《あくび》をする猫を見た。三日月と一緒《こいっ》の由来だった。

コミュニティのメンバーは現実の知り合いのように、いやそれよりも濃い交流の気配を窺わせる。一種の酩酊《めいてい》であったのかもしれない。

所属したコミュニティの中では、各地で頻繁《ひんぱん》にオフ会が開かれていた。ほとんどが東京や大阪という都市部で開かれていたが、参加者さえいれば、地方でも開かれる。あの時の集まりは、そういう地方オフ会のひとつだった。

インターネット上で知り合った人と会うことに、十五という年齢では抵抗を覚えるのが一般的だ。一方で、十五という歳だったから飛び込めたのかもしれない。

その日にもしも予定が入っていたら。

その会場が中学生の足でも行ける場所でなかったら。

きっと行ってはいなかっただろう。でも、「蒼ざめた馬」はそこに参加した。

その、オフ会の日の日記が、まさにこの文章なのだった。

ちょっと、詩の未来まで。

それは、どんな景色だったのだろうか。

十年の月日を経て、世界はその未来に、どれだけ近づいているのだろう。

結局、SNSのログは、この日記を書いてから一年も経たずに途切れている。丁度、受験の時期だった。津波が瞬く間に引いていくように、熱が冷めるのは、一瞬だ。

——インターネットに溢れる言葉はわたし達を溺死させるだろう。

そんな言葉を最後に、poetringを去って行った人のログも、この中には残っていた。その意見には、僕は全面的に賛成だった。

その後poetringがどのような経緯をたどったのか、僕にはわからないけれど、僕が大学生の頃に、そのサービス自体が終わりを迎えた。

そしてこのパソコンにはログだけが残った。

詩人の集まりはとても詩人らしくはじまり、詩人らしさなど何もなく消えていった。

たとえば当時のメールボックスには、今も誰かからの手紙が届いているのだろうか。このパソコンのブラウザのお気に入りには、フリーメールのページがひとつ登録されている。そのサービスが終了していなければ、まだアカウントは残っていることだろう。けれど、僕は古いウインドウズの右下を見て、電波状態がオフラインになっていることを確認し、ため息をつく。

もうずいぶん長い間、このパソコンはインターネットから隔離《かくり》されている。

大学生の頃は必要もあって使っていたけれど、僕は大学を卒業し、就職活動に失敗し続けてありとあらゆることが嫌になり、インターネットに自分を接続することをやめてしまった。いつか「蒼ざめた馬」がpoetringをやめたように。必要があれば携帯端末からのぞくことは出来るだろうが、雨後の筍《たけのこ》のように現れるネットワークサービスにも、そこにあふれる言葉にも疲れてしまったのだ。

僕は熱をもちはじめた年代物のパソコンに触れることを放棄し、そのまま文机からも身体を離して大の字になった。

雨の音が強くなっているようだった。

伸ばした手の先に三日月の気配があり、ざらついた舌が指先を舐《な》める。生きているものがこの狭い部屋の中に二つもいる。それを窮屈だと感じるか、安息だと感じるかはその時々なのだけれど、消化しきれなかった情報を整理するために、僕は目を閉じた。

十五の歳の「蒼ざめた馬」は詩を書いていた。

インターネットに接続し、poetringに登録し、『現代詩人卵の会』に参加した。

オフ会で見知らぬ人々と出会った。

そして十年が経ち、poetringは消え、『現代詩人卵の会』がどうなったかもわからない。

十年の時が経てば、詩を書いて生きるということに、ひとつの答えを見つけ出しているはずだと書き記した。

そんなのは、真っ赤な嘘だ。

なんの答えもないじゃないかと僕は思う。

なじったって仕方がない。その資格もない。僕は、何も理解していないし何も得ていない。詩人になれていない。詩は、書いている。一ヶ月に一編書ければいいぐらいの遅筆だけれど。

コンビニの深夜アルバイトの合間に詩作にふけり、川辺を散歩し、図書館まで歩き、本屋に行っては詩の雑誌を読み、そしてそのどこにも自分の名前がないことに絶望する。

誰か、答えがあるなら教えてくれ。詩を書いて生きていきたいって、どういうことだろう。

詩を書いていること。生きていること。それは接続されうることなのだろうか。詩を書いているだけでいいんじゃないか。

死んだ人間には詩が書けない。

けど、生ける詩人なんて、現代社会に残っているのだろうか。

文学史に名を連ねるような詩人はもう、死者の中にしかいないのではないだろうか。

じゃあ、死ねば詩人になれるのか？

それは絶望的な考え方だと思ったし、逃げ場がなく、どこにも行き場がないと思った。行き場がないし、生き場所がない。一方で現実とはその程度のものだろうとも思った。現実なんて、自分なんて、所詮その程度のもの。

けれど、たとえばあの日に集まった、他の『現代詩人卵の会』のメンバーは、一体どうなっているだろう？

詩人になっているのだろうか。

詩を書いて生きていっているのだろうか。

唐突にそれを知りたいと思った。自分には知る資格もない。会いに行ったところで語る言葉を持ち合わせているわけでもない。だけど。

魂。詩魂。

携帯を開いたら、日付は五月の末をさしている。来週のバイトのシフトが今日出て、丁度金曜の夜は空いていることを確認する。

来週の金曜日は、六月の六日だった。

十年の月日が経って。

生きている詩人は、まだ存在しているのだろうか。

第一章

死を喚ぶ

小木屋

戦争を起こすしかない。
もうそれしかないのだ。平和には皆が飽きている。
幸せになりたいと誰もが言うのは
誰一人幸せではないからだろう。
貿易センタービルに飛行機が特攻をしかけた時
新しい時代が来ると
新しい時代の戦争が来ると
胸を高鳴らせたのは、テロリストだけではなかったはずだ。
剣を握り、銃を撃つ。その行為に射精以上の快楽を与えるのは
敵という概念だけである。

戦いという本能だけである。
ペンとインクだけが逃れられる暴力などあり得ない。
退屈な楽園を地獄と気づく前に
生きている人間が必要とされるためには
もっと爆発的な死を喚ばねばならない
そうでなければ誰も幸福にはなれない
不幸のままで死んでいくのが悪だとするならば
何も成さずに死ぬ者のことを哀れだと言うのならば
戦わせてくれ。
幸福のために。
貴方は私にはふさわしくないと言って
去って行った女が障害児を生んだことを
喜ぶような俺と世界だ。

2004.5.10

雨が降るかと思っていた。

当日は、泣きだしそうな空ではあったけれど、憂鬱《ゆううつ》な色をした雲だけが、空の高度を低くしていた。なぜか、ドラえもんの長編映画のひとつを思い出した。どんなタイトルだったかは、思い出せなかったけれど。

早い時間から夕飯はいらないと言って、僕は家を出た。ファミレスに満腹で行くのもおかしいし、ファミレスから空腹で帰るのもなんだかおかしい気がして。

俯《うつむ》き加減で道を歩いている間、僕は間違った道を歩いているような気がしていた。行ってはならない場所に、向かっているような。それでも足を進めたのは、他に行くところもなかったからだ。

駅前の本屋で時間を潰しながら、このまま帰ってしまうのが、正しいんじゃないかと思った。今でも雨が降ればよかった。雪でも、槍だっていい。とにかく、帰る理由があればよかった。けれどいいし、十年前でもいい。すべてが白紙になってやり直しがきくならなんだっていい。けれど曇天《どんてん》からは、何も落ちてこなかった。

駅の近くのファミレスは、僕の知る限り一軒しかない。記憶を頼りに行ってみれば、到着した先にあったのは真新しいガストだった。記憶の中では別のファミレスだったような気がするのだけど、それも遠くおぼろげな認識だった。この並びに古本のチェーン店があった頃に、入店したことが数回あるだけの淡い記憶だった。重い扉を押して、ファミレスの中に入る。勤めているコンビニとは違う電子音が鳴り、いらっしゃいませ、という声が厨房の奥から聞こえた。

腕時計を見る。時刻は午後九時十五分前だった。平日のこの時間は、何組かのグループが点在して座っている。

「何名様ですか？」

甲高い声の女性店員が、そう言いながら近寄ってきた。僕はう、ともあ、ともつかない声を出しながら、視線だけで店内をさぐり、そして「喫煙席って」とかすれた声で言葉を絞り出した。

「あちらになります」

そう言って半身をそらして示されたのは、店内の奥だった。その先に、こちらを見ているグループがあった。四人だ。女性がひとり、男性が三人。

何名様ですかという問いには答えずに、そちらに歩みを進める。店員もまた、重ねて尋ねることはしなかった。

僕が近寄ると、一番入り口近くにいた女性が立ち上がった。

髪が短く、大きなイヤリングをした女性だ。母親よりも若く、自分よりも年上だ。女性の年齢なんて、それくらいしかわからない。濃い化粧の存在感に気圧《けお》され、心と体に、バイト中だ、接客をしろ、と間違ったスイッチが入りそうになる。

　彼女は、目を丸く大きく開いて、真っ赤な口紅を塗った唇で言った。

「君、探偵くん？」

　背筋がぞくりとした。デジャビュだ、と思った。別に記憶が掘り起こされたわけではなかった。ただ、何度も読んだ日記のログが頭をよぎっただけだった。

　そしてあの、《探偵》という詩が頭をよぎる。

　——探さねばならない犯人がいる。

　あれは、僕の詩であったから。僕は正真正銘の探偵くんなのだ。あごを突き出して、肩をすくめるように、頷《うなず》いた。深く考えたわけではなく、怯えた猫の、反射のような動きだった。

「やっぱり……！　来てくれたのね！」

　そのまま彼女は僕に駆け寄ると両手を握った。末端の体温の低い、乾いた手の感触だった。左手の薬指にはまった指輪の異物感に、思わず振り払いそうになる。そんなことをする勇気があるはずもなく、僕はただ、目をあわせないように顔をそむけるだけだ。

「覚えてる？」

　きらきらした目で見上げられるのが辛《つら》くって、逃げ出したくなった。「すみません」と答えるのが精一杯だった。コンビニアルバイトで使い方を覚えた、咄嗟《とっさ》の言葉だ。相手の女性の落胆の顔は見たくなかった。女性は一息ついたあとに、立て板に水のように続けた。

「そうよね。あなたはあのオフ会に一回来てくれたっきりで、他のメンバーとあれから会ってるって話も聞かないし……もう来ないだろうって噂してたの。また会えて嬉しいわ」

十年ぶりね、と今度は指輪のない方の手で僕の利き手を握った。

「この名前で覚えているかしら。治田《はった》ビオコよ」

はったびおこ。その名前を聞くなり、頭の中に表記がぽんと出てきて、思わず顔を見直した。ビオコさんは自信に満ちた笑みを浮かべていた。僕はといえば、不思議な偶然に感心していたのだ。既視感というよりも、予知夢を見たようなおかしな感覚。

つまり、本当に十年前の人間がここにいて。

あの日記と同じように。十年前の今日と同じように。彼女が僕を探偵くんと呼んだのか。

その響きが、僕を探偵くんと定義したのか。

「あの時の文学少年か。見違えたな」

女性の隣に座っていた眼鏡の男性がそう言って手を上げた。誰かはわからなかった。僕はうろたえて、戸惑っていた。

「ほら、そんなところに立っていないで」

座りなさい、と僕らを促したのは、白髪をかっちりと固めた、皺《しわ》も深く威厳のある老紳士だった。彼が誰かは、僕にもすぐにわかった。

櫻木《さくらぎ》先生だ。櫻木遊俠《ゆうきよう》。たとえ集まりがあったとしても、まずいないだろうと思っていた。

彼の名前は、ログ以外の媒体でも馴染《なじ》みが深い。十年前すでに詩人で作家で、今も、はやくないペースながら本を上梓している。本当の、本物の、文壇の人、だ。彼の写真は、雑誌でも何度も見た。写真の中の櫻木先生よりも、年老いている印象だった。ただ、近年に出る本は小説やエッセイばかりで、今も詩を書いているのかどうかは、僕も知らない。

「大きくなったね。当たり前か、十年経ったら子供も大人になるよな」

そう言って笑った、ビオコさんの隣に座った男性が誰なのか、やっぱり僕にはわからなかった。髪は薄く恰幅のいい、スーツの男性だった。

「近藤《こんどう》だよ。近藤奇人《きじん》って当時は名乗ってた。覚えてるかな。あの日は僕が最初に君と出会ったんだよ」

近藤奇人。その名前も確かに、日記に刻まれていた。ファミレスに入ってすぐに、出会った相手。高校の教師をしている、とプロフィールには書いてあった。今も、そうなのだろうか。

十人は座れるであろう一角に、四人だけが腰をかけていた。僕はビオコさんと近藤さんが座っているソファに、出来るだけ距離をあけて腰を下ろした。

名前のわからなかった最後のひとり、痩せた男性が、煙草《たばこ》に火をつけながら言う。

「俺はヨウスケだよ。舵《かじ》ヨウスケ」

名前はわかった。そしてそこに付随する、当時のプロフィールも。イベント会社の経営をしているという彼は、あまり創作には熱心ではなかったと覚えている。

僕は自分で名乗りをあげることが出来なかった。座りながら、何をしているのだろう、と自問を繰り返した。なんで座ってるんだ。今、こんなところに。『現代詩人卵の会』。将来的に、詩を書いて生きていきたい人。その、将来に立っているはずの今。僕にはここにいる資格もないし、ふさわしくもない。言われるがまま席についたけれど、他のメンバーが到着する前に用事があると言って帰ろう。そうじゃなかったら、本当のことを……。そう思った時だった。

「これで、全員かね」

櫻木先生がそう言い、ビオコさんが頷いた。

「そうなりますね。生きてる人は」

その言葉に、僕は思わず顔を上げる。横に座ったビオコさんと目があうと、そらしたのはビオコさんだった。

ビオコさんはそのまま斜め前の櫻木先生を見て、その隣の舵さん、そして自身の隣に座った近藤さんの目を見た。櫻木先生は難しい顔で黙っていたけれど、舵さんはシニカルな笑いを浮かべていた。一方で、近藤さんはしっかりとした様子で頷いた。

「彼ももう子供じゃないんだから。黙っていても仕方がないだろう」

と言う、その口調は学校の先生らしいものだった。櫻木先生は黙したまま、けれど異を唱えることもなかったから、ビオコさんが口を開く。

「来てくれてよかったわ」ともう一度、噛みしめるように繰り返して。

「探偵くんあれからすぐに――確か受験か何かでコミュもpoetringも離れたでしょう。だから、知らなくてもしょうがないものね」

あの日集まったのは九人のはずだった。今ここには、半分しかメンバーがいないのに。全員だと、櫻木先生は言った。

ほんの少し、躊躇《ためら》うようなそぶりを見せてから。

「あとはみんな、死んでしまったの」

と彼女は言った。


十年前、この場所には九人の人間が座っていた。

今は、四人。僕を入れて――五人。

そして他の人間はみんな死んだとビオコさんは告げた。死神みたいに。医者みたいに。

人数に見合わない、広いテーブルがむなしかった。

「覚えてるかしら。わたし、あの日の全員の詩をプリントアウトしてきたのよ。思い出話をするにはいいかと思って……」

ファイルから取り出したA4の用紙には、それぞれの詩がプリントされていた。僕の《探偵》の詩も、確かにあった。

覚えている、と僕は思う。いや、覚えてはいないけれど、暗記している、と僕は思う。何度も何度も繰り返し読んだ詩だったから。

白い紙に目を通そうとしたら、さっきの店員が水を持ってきた。「僕らはもう注文したから、頼みなさい」と近藤さんが言い、「食べる気分になるかはわからないけどな」と舵さんが続けた。僕はまごつきながら、一番最初に目についたハンバーグセットを、ドリンクバー付きで頼んだ。店員は繰り返しもせず、ドリンクバーはあちらから、とセルフサービスを促す。けれど僕は、立ち上がる気になれなかった。

立ち上がったら帰ってしまいそうだったし、そもそもすぐに、注文もせずに帰ってしまうはずではなかったのか。

腰が重く、下肢が椅子に吸い付いたようだった。

「わたしと、櫻木先生、近藤さんと舵さん、それから探偵くん以外の、小木屋《おぎや》さん、夏炭《かずみ》くん、明日田《あすた》さん、遠野《とおの》昼夜《ちゅうや》さん……。こんなにたくさんの人が亡くなってしまったなんて」

ビオコさんがそう言い、ため息をついた。舵さんが苦い顔をして言う。

「俺も今日ビオコさんに聞いて驚いたんだ。俺がくわしく知っているのは小木屋の死だけだったからな。明日田の葬儀には行ったが、小木屋のことを話してる暇もなかった」

「そうですね。僕も、遠野さんが死んだ時に、家族の方に会いに行きました。そのことは、櫻木先生にもお伝えをして……」

そう言ったのは近藤さんだった。櫻木先生は、隣でゆっくりと頷いた。

「わたしは明日田さんと夏炭くんのことは知っていたわ。だから今日、集まる人なんていないだろうと思っていた」

ビオコさんがもう一度ため息。誰かが誰かのことを知っている。それは、メンバーの個人的な交流を窺わせた。かといって、全員の近況を知る人はいなかった。それが一堂に会し、情報を突き合わせてみれば……。

みんな死んでしまった、という言葉が、ぐるぐると回る。

みんな、死んでしまった。

喉がからからに渇いているのに、店員の置いていった水に口をつけることは出来なかった。汗をかいている透明なコップを眺めながら、僕は、言った。

「なんで、死んだんですか」

ざっと、視線が自分の方に集まったのがわかった。僕は俯いたまま、顔を上げられない。でも、聞きたかった。聞く資格なんてなかったとしても。

なんで死んだんですか。

虐殺があったならよかった。理不尽な悲劇があったらよかった。たとえば僕の知らないオフ会が過去にあって、そこに爆弾が落とされて、無残《むざん》にもみんな死んだとか。そうだ、天災に巻き込まれたでもいい。どんな荒唐無稽《こうとうむけい》な理由でもよかった。とにかくどうしようもない悲劇があったならよかった。

理不尽な死の理由が欲しかった。それは仕方なかった、不幸でしたねと悼《いた》むことが出来ればよかった。

けれど誰もが口ごもった。それこそが、何よりの答えだったような気がした。

「馬鹿げた話だよな。若者に聞かせるにゃ、ずいぶん酷だろうが」

舵さんが火をつけたばかりの煙草をつぶしながら言う。

「自殺だよ」

その言葉に、僕は顔を上げ、それぞれを見た。その時にはもう、皆が僕から目を背けたあとだった。ビオコさんはどこか怒ったような声で言う。

「待ってよ舵さん、一概には言えないわ。夏炭くんや明日田さんは……」

「病死や事故死だって言いたいのか？　そりゃ、明日田は不幸な事故だったかもしれんが、それ以外はどうだ？　精神が不安定だったってのも不可抗力の病気だったと片付けるのか。拒食症で何も食べずに餓死したら、それは病死か？　頭がどうにかなっちまうのが不幸な病気だっていうなら」

みんな、病気だろうよと舵さんは言った。

自殺、という言葉が僕の中でぐるぐると回っている。櫻木先生は何も言わず、近藤さんも沈黙を保っていた。

「やるせねぇなぁ。ずいぶんな打率じゃねぇか」

と舵さんが言う。唇をゆがめて笑う、その横顔にも隠しきれない陰りが浮かんでいる。

「本当に、今日来てくれてよかったよ、探偵くん。お前も死んだかと思ってた」

僕も、死んだ。そんな風に、生死がまるで紙切れのごとく軽く扱われてしまうことに、僕は慣れていなかった。だから僕の喉は開くことはなかった。呼吸をすることも忘れてしまったように、べったりと張り付いて、声を出すことを放棄していた。

「乾杯をしようぜ。飲み物を持ってこいよ。ああ、そういえば探偵くんだって、もう十五の夜でもないんだろう。別にアルコールだっていいんだ」

生き残った者だけでも、今夜は語り合おうと舵さんは言う。自棄《やけ》になったような明るい声色だった。僕は呆然としている。喉が閉まったまま、鼓動がはやまり、息がしにくかった。しめつけられたように胸が苦しかった。五人しかいないテーブルは広く、Ａ４の用紙には詩が並んでいる。

九編の詩。そのうち四編が、死者の詩だ。

目眩《めまい》がしそうなむなしい現実だった。

「……若い者がいなくなるのは、いたたまれないな」

言葉少なく座っていた、櫻木先生がそう言った。深い皺の刻まれた顔は、四人の死を悼んでいるというよりも、むしろ疲れているようでもあった。

「先生すみません。せっかく来ていただいたのに……」

近藤さんが頭を下げるような仕草をしながら言った。

「いや、君が謝ることじゃない」

そうだ、謝るようなことじゃないと僕も思った。謝ったって、どうにかなるようなことじゃあない。

死は覆《くつがえ》せない、事実だ。

櫻木先生が胸を上下させて、浅く息をする。自分が生きていることを確かめるように。その重苦しい空気を壊すように、料理がやってきて、並べられた。食事を頼んだのは舵さんと僕だけだったようで、他の三人は簡単なデザートだった。

ステーキに乱暴に刃を入れながら、舵さんが言う。

「探偵くんは今何をしてるんだ？　まだ大学生？」

「いえ……」

僕は温め直したハンバーグから流れる肉汁を眺めながら、自分の額に汗がにじむのを感じた。

「大学、を、出て……今は」

フリーターを、というようなことを僕は言った。決して誇れるような、大きな声で言えるような肩書きではなかった。

大学では日本文学を学んだ。近代詩と現代詩を専攻して、卒論は中原中也《なかはらちゅうや》で書いた。かといって、得られるものは何ひとつなかった。その期間に形になった詩も、数えるほどしかなく、そのどれもがただの紙くず、文字くずになった。ろくな就職活動もしないまま、コンビニアルバイトを惰性《だせい》で続けてもう三年になる。

そのこと自体は、舵さんは深く掘り返すようなことはしなかった。ただ、ちらりと眼球を動かして重ねて尋ねた。

「詩は？　まだ書いてる？」

心臓の裏がひやりとするのを感じた。それが本題だと思った。軽い調子の、短い問いだけれど。まるで生死を問うような、重要な質問だと思った。僕にとってだけかもしれないけれど。

簡単な質問じゃなかった。

乾いた唇で、ハンバーグが冷めていくのを眺めながら、僕は答えていた。

「――書くだけは」

そうか、と言って舵さんは笑った。皮肉めいた笑みばかり浮かべていた彼の、はじめて見せるやわらかな笑みだった。

「お恥ずかしながら、俺は全然だ。仕事が忙しくなって、どうも詩作って気分にはなれない。それでも、今日って日のことを忘れたことはこれまでなかったよ。毎年六月六日になるたびに思い出した。結局忘れられないまま、十年が経った。今日、こんな風に、話せるとは思ってなかったけど……」

「小木屋さんは、いつ？」

そう尋ねたのは近藤さんだった。

「四年……いや、もう五年前だったか。俺はもうあのサイトをほとんどチェックしてなかったから、誰に知らせるってわけでもなかったけど。知ってたやつはいたんだろう？」

そうね、と頷いたのはビオコさんだった。

「思えば、明日田さんは知っていたかもしれないわ。確かめる術はないけど……」

そうやって死んだ仲間の話をしながら、舵さんはステーキを飲むように平らげた。多忙な人間らしく、食事がはやいようだった。

「俺はあれから何度か飲みに行ってたからな。名刺をもらってて……本名も知ってたから、新聞で訃報を見て驚いたよ」

「葬儀には行かれましたか？」

そう聞いたのは近藤さんだった。

「いや、葬式はなかった。身内のみの直葬だってさ。線香だけ、あげに行ったな。あんまり、かけてやれる言葉もなかったけど……」

口元を拭きながら、料理を平らげた皿をよけて、煙草を取り出す。

「なんで」

口を突いて出た、言葉が、まるで小さな子供みたいだと自分で思った。そもそもこの集まりの中では、僕はやはり子供みたいなものだった。

「なんで、死んだんですか」

再度の問いかけ。それに、自嘲するみたいに唇を曲げて笑って舵さんは答えた。

「それはどの『なんで』だ？　死因か、動機か、それとも？」

ハウダニット。ホワイダニット。あと残りはなんだっただろう。僕が何を聞きたいのかといえば。

「……全部です」

そんな、生意気な答えしか出来なかった。別にそんなことを言いたかったわけじゃなかった。

正確ではなかった。そんなことを聞きたいわけじゃない。

死ぬしかなかったのかと聞きたかった。

どうして死んだのか、ではなく。

詩を書いて、生きるって。どうしてそれが出来なかったのかと。

「全部か」

キン、とジッポーの音がした。

「……俺も知りたいよ」

そして煙を配慮するようにそっぽを向いて、少しの間を置いて。

「なあ、探偵くん」

そっぽを向いたままで、かすれた声で言った。

「お前が本当に探偵なら、調べてくれればいいのにな」

その時僕の目がとらえたのは、ハンバーグの皿に半分隠れたＡ４の用紙、そこに書かれた、探偵という二つの文字だった。

僕が、もしも、本当に探偵くんなら。

調べて欲しい、と舵さんは言った。

「あいつが……あいつらが、どうして死ななきゃいけなかったのか」

そしてそれが、ここにいる皆の思いだったのかもしれないと僕も思ったのだ。悲しい顔をしたビオコさんや、辛い顔をした近藤さん。疲れた顔をした櫻木先生だって。本当に知りたいのは、そのことじゃなかったのか。

死者になるしか、詩人になる術はないのか。

詩を書いて生きることは不可能なのか。

「調べたところで、死者が蘇《よみがえ》るわけじゃない」

ぽつりとそう言ったのは、櫻木先生だった。櫻木先生は確かもうすぐ七十に手が届くという年齢だろう。長く生きていれば生きている分だけ、多くの人を見送っているのだろうか。

確かに、調べたところで意味はないのだろう。警察でもなければ医者でもない。そんなことは、僕らの仕事ではない。

「でも、僕は知りたいです」

汗をかいたコップを握って、僕は言っていた。なんの資格があって、誰の許しがあって、免罪符があって、墓を暴くようなことをするのか。糾弾《きゅうだん》されるなら僕の方だと思う。罪があるとするなら、僕の方だ。

死んでいった人々にとって、僕はなんでもないただの他人だ。

けれど。

僕は今、まだ、詩を書いている。書くだけ、だとしても、僕は、まだ、生きて……この時代に、詩を書いている僕が、行き着くところがどこなのか知りたいのだった。いつか、死ぬとしても。否、いつか死ぬのだから。

死んでしまえばそれまでだから。

「やめておきなさい」

僕が言葉を重ねる前に、硬い声で制止したのは、近藤さんだった。

「なんで止める」

即座に反論したのは舵さんだった。

「いいじゃないか。好奇心は不謹慎だっていうのか？　だとしたらあんたは、友人が死んだら何も聞かずにそれっきりにするのか？　少なくとも、小木屋の家族は、俺が行った時はよく来てくれたと頭を下げてくれたぞ」

その言葉に、詳しく教えて下さい、と僕は言った。聞いた。死んだ人のことを。それが僕なりの答えのつもりだった。覚悟の提示のつもりだった。

「探偵くん」

近藤さんの、咎《とが》める言葉は、矛盾をはらんでいると僕は思う。

止めるのならば、どうして、その名前で僕を呼ぶんだ。

「君を心配しているんだよ。引きずられたらどうするんだ」

引きずられたら、どうする？　わかりきったことを聞くものだと、僕は硬直したまま心の中で激しく罵倒する。この、人を教え導くことを生業《なりわい》とする正しい人に対して。引きずられたら、死ぬだけだ、と。明日死ぬかもしれないし、今日死ぬかもしれなかったのに、死なずにここまで来たから。

生き残ったのか。

死に損なったのか。

それくらいは、確かめてもいいはずだと僕は思う。もっとも思いは胸に渦巻くだけで、なかなか言葉にはならず、

「他の方も、みんな自殺だったんですか」

そう問いかけることしか出来なかった。僕は、探偵だ。探して調べて求めて。そういう存在だと、僕を呼んだのは、貴方《あなた》達の、方じゃないか。

僕の問いに、口を開いたのはビオコさんだった。

「明日田さんはそうじゃないわ。少なくとも彼は、事故だったはずよ。不幸な事故。そういう風に、新聞にだって出てたじゃない。夏炭くんは……。病気だったって聞いてる。でも、薬を大量に服用していた、って」

それを聞いて、近藤さんの記憶も蓋が開いたのだろう。眉を寄せながら、

「遠野くんは……いや、やっぱり、こんなこと、軽々しく言うことじゃない」

苦さのにじむ声で言おうとして、早々に頭を振って切り上げた。「だから」と舵さんが声を荒らげようとした。その時舵さんが何を言おうとしたのかはわからない。遮《さえぎ》ったのは、沈黙を続けていた櫻木先生だった。

「決して楽しい話ではないよ」

低く、乾いた、吐息まじりの疲れた声で彼が言う。

「それでも、聞きたいかね?」

僕は唇を引き結んだ。その時頷いたのは、自棄だったのかもしれないと、後に思った。悪い熱に浮かされるみたいだった。

まるで詩を書くようだった。

僕の答えを確認し、櫻木先生はもう一度深く息を吸って吐いた。そして一息に言う。

「知りたいと思う気持ちを、止めることは出来ないだろう。わたし達は十年前に確かに、胸に理想と野望を抱いて、未来のことを語った。そのそれぞれの未来がどこに行き着いたのか、知る資格はある、とわたしも思う」

皺や血管の沈んだ瞼《まぶた》を下ろして、

「知りたいという欲求を止めることは出来ないように。希死念慮《きしねんりょ》さえ、止めることが出来ないものだ」

そして次に目を開けた時、櫻木先生ははっきりと、僕のことを見た。

「探偵くん」

僕をそう、呼んで。

「もしも君が皆の死について知りたいと思うのなら、その権利は確かにあるだろう。死ぬな、生きろという資格が、わたし達にあるのかはわからない。ただ、わたし達は生きている者として、生者の言葉で、君と話したいと思う」

生者の言葉。

死者の詩。

対話は生きている者にだけ許された特権で、沈黙は死者にだけ残されたものなのだろうかと胸の中で自問する。僕の中には言葉が渦巻いている。詩になれずに、死にゆく言葉達。

それを扱うことを生業としている、文字を書き、生きている、櫻木先生が、おごそかに告げた。

「集まれる者だけでいい。わたしはもう、隠居のようなものだ。呼ばれればいつでも出てくる余裕がある。探偵くん、君が、死した同朋のことを知りたいというのなら。その、知り得たことを、わたし達にも教えて欲しい」

対話をしよう、と櫻木先生は繰り返した。何度でも、時間の許す限り、と。そのこと自体が、僕の胸を震わせなかったといえば、嘘になる。

櫻木先生のような、名のある人に、何かを乞われることが、僕のこの先ではあり得ないことのような気がして、ありもしない自尊心や、吐き気がするような承認欲求が満たされたような気になった。けれどそれも一時的なことで、無意味なことだとわかってもいた。

意味なんてない。僕にはふさわしくない。価値さえない。

そんな僕に、櫻木先生は言葉を尽くしてくれた。

「君は死んではいけない。そう言う資格は、わたし達にはないのかもしれない。けれど……はやまるようなことは、してはならないよ」

櫻木先生が、何を心配しているのか。生意気にも僕は、わかった気になっていた。わかった上で、僕は死にません、と軽々しく答えていいものかわからなかったので、僕は冷めてしまったハンバーグを見た。

知りたい、と思う。狂おしいほど、切実に。僕は死んでいった人のことを知りたいと思う。どうして死ななければならなかったのか。どうして生きられなかったのか。

死した者だけが重く扱われる。けれど時は流れて忘れ去られる。いつかは。だからこそ、死んだ彼らのことを、知っておきたい。語っておきたい。

《探偵》という詩が、僕の目の前にある。

これは、僕の詩だ。

だから僕は――生きているうちに、見つけるしかない。

そこに真実なんてなくても。犯人なんていなくても。

僕を殺した、僕の生きた意味を。


ひどく長い夜になった、六月六日の翌日を僕は結局一日アルバイトに費やした。さらにその翌日の明け方までシフトに入り、家に帰って仮眠をとると、日付にして六月八日。遅めの朝食だか、早い昼食だかを食べて、正午になる前に家を出た。

携帯には、舵さんからメールがきていた。舵鷹介《ようすけ》、という彼の本名をメールの署名で初めて知った。

SNSのログではない、メンバーの現在のメッセージに触れるのは、なんだか不思議な気分だった。舵さんのメールには、小木屋と呼ばれた男性の、実家の連絡先が記されていた。バスで三十分も揺られれば着く、隣町の住所だった。

バスに揺られながら、あの夜のことを思い返す。

『俺が行った時は母親と妹だって娘が二人で住んでた。荻屋《おぎや》……表札にはそう出てたよ。突然行っても迷惑だろうから、俺が電話をかけておいてやるよ。農協に勤めながら、まだ半分農業をやってたような田舎《いなか》だから……』

舵さんはそう言って、最後まで、とても親身になってくれた。皮肉な言葉の端々に、死者を思い出す切なさが垣間見られた。一緒に酒を飲んだのは数回だと言っていた。けれど、連絡先もわかっていたし、嫌いではなかった。友達とは言えなくても、知らぬ仲ではないつもりだった。それなのに。

あいつ、黙って死んでったよ、と舵さんは笑って言った。笑うしか、出来ることがないという笑い方だった。けれど、そうして口にして笑えるだけ強いと僕は思った。

バスに揺られる間、小木屋という名前で提出された、彼の詩を読んでいた。《死を喚《よ》ぶ》というその詩は、今になってみればやるせない思いになるタイトルだった。

日記のログは、多い人ではなかった。自分のことはさほど語らず、ストイックに詩を書いていた。

普段は寡黙《かもく》だったが、酒に酔うと、早く戦争が起きればいい、と言うのが口癖だったと舵さんは話してくれた。早く戦争が起きればいい。そうしたら日本人には詩が必要とされる。反戦の詩。母国の賛歌。詩人はようやく不遇の時代を抜けて、世の中に必要とされるだろう。裏を返せば、平和がこの国から詩を排斥《はいせき》したのだ、と。

《死を喚ぶ》というこの詩は、まさにそんな主旨の詩だった。過激な表現もあるが、嫌いな詩ではなかった。平凡だけれど、届くし、響く。だからこそ、これがもう死者の詩だということがやるせなかった。

死してなお、この詩は何にもなれないということが悲しく切なかった。

僕はどんどんと暗い気持ちになっていき、詩はまったく無関係だということはないんでしょうか、と尋ねていた。

たとえば、生活苦や。病を苦にして。

他にも死ぬには様々な理由があるだろう。僕に、実感がないだけで。

いや、でも、と舵さんは煙草を揺らしながら、考えて、考えてもなおこの答えしか出せないという風に言った。

俺が知る限りでは、あいつは詩だけだったよ、と。

女性は？　と聞いたのはビオコさんだった。《死を喚ぶ》の詩をなぞりながら、恋愛関係の悲劇の末ということはないのかと。実に女性的な観点だった。舵さんは笑うだけだった。

そんな相手はいなかったってさ。いや、いたんだろうけれど、別に、小木屋の方からどうこう関係をつないだってことはなかったのだと。たとえばこの詩に女性への憎しみがにじんでいるとしたら、それは、彼が何も言い出せず、そして彼に振り向きもしなかった、多くの女性達の集合体に向けたものだったんだろうと。

憎しみはあったんだろう。果たせずに消えていった思いもあったのだろう。そしてそれらすべてを、詩を書いて見返してやると。自分には、もっといい詩が書けるはずだ。その方法は見えかけているのだと小木屋さんは熱く語ったのだという。

それくらい、詩だけだったよあいつは、と舵さんは言った。

詩だけ。

だから、詩だけ、で、生きた。詩だけ、で、死んだ。

舵さんから話を聞く一方で、小木屋さんを訪ねてどうするんだと近藤さんは僕を問いつめていた。彼は最後まで、僕を心配してくれていた。それは今でも教師をしているという、教育者としてのさがなのだと思うし、性根がいい人なのだろうとも思った。いい人はいつも辛い思いをしなければならない。それを僕は、実感ではないとしても知っている。

ビオコさんは僕についていきたいと言った。僕と一緒に小木屋さんの実家を訪ねたいと。けれどそうなれば僕は、彼女の後ろでまごつくだけの、でくのぼうと化してしまうだろうから、出来るだけ傷つけない言い方で断った。櫻木先生もそれをくみ取ってくれたのか、僕にはひとりで行くように促した。ひとりで行き、けれど、その話を必ず伝えるように、と。

櫻木先生は、多くを語らず、ただ飛び交う言葉に耳を傾けた。

あの夜は、みんながみんな疲弊していた。傷ついていた。かつての仲間達の死という事実をいきなり突きつけられ、受け止めきれないでいた。泣くことも出来なかったし、嘆くことも出来なかった。もちろん弔《とむら》うことなんて、もっての他だ。

弔い。追悼。

バスに揺られながら、いつか、このことを詩に書かねばならないのだろうかと考える。すべてが済んだら、追悼の詩を書く人が、誰かひとりでもいるのだろうか。もしもいたとすれば、そこで初めて死した人の魂は解放されるのだろうか。

死を、詩に、変えて。

それを出来るのは生きている人間だけの特権だし、裏を返せば、詩になれるのは死んだ人間の特権だとも思えた。

また同時に、それは消費だとも思うのだ。手札を切るように、パチンコの換金所みたいに、他人の死を浪費しているだけではないのか。

どちらが正しいのかはわからない。僕にはまだ、弔いの詩は書けない。だから、彼らの死を、大切だった人の死を詩にすることも出来ないのだろう。

そんなことを考えていたら、目的地であるバス停が近づいた。降車ボタンを押して、そのバス停で降りたのは僕ひとりだった。バイト先のコンビニでコピーしてきた住宅地図を眺めながら、田んぼの横のあぜ道を進む。空は明るく晴れていたが、湿気でひどく蒸していた。汗が噴き出す。ハンカチを忘れたことを後悔した。

田んぼはどこまでも続いていく気がした。

大した都会で暮らしたこともないくせに、田舎は苦手だった。人間も苦手だけれど、人間じゃないものの気配はもっと苦手だ。大きな木や、土のにおいが強い植物。宙を舞う虫や、遠くでおぼろげに揺れる蜃気《しんき》楼《ろう》。高村光太《たかむらこうた》郎《ろう》は晩年山にこもったけれど、彼の詩はやはり、人間《じんかん》にしかなかったように思う。

何度か道を間違え、行きつ戻りつしながら、やがて古い民家の前に立った。『荻屋』という表札が出ていた。間違えようもなかった。家族以外の誰かと住んでいるのだろうか、その隣には『斉藤《さいとう》』と小さな字で手書きされていた。

古い二階建ての民家で、玄関はガラスで出来た引き戸だった。明るい外から見ると中は暗く、人の気配は感じられなかった。

僕はその家の、表札を見上げながら、しばらくの間立ち尽くした。

他人の家を訪ねるだなんて、どれくらいしていないだろう。大学を出て数年、友人の家だって訪ねることはほとんどなかった。友人らしい友人がみんな地元を出て行ってしまったせいもあるけれど。もとより友達は、多い方ではなかった。

近くに小学校か何かがあるのだろう。なつかしいチャイムの音がして、子供が遊ぶ声が響いてくる。完全にタイミングを逸して佇《たたず》んでいると、ガタン、と中から音がした。人間の影と気配が、磨《す》りガラスの向こうから近づいてくるのを感じて、僕は咄嗟に音符のマークが描かれた呼び鈴を押していた。佇む自分の気まずさを誤魔化《ごまか》す動作だった。

ハァイ、と磨りガラスの向こうから声がして、現れたのは腰の曲がった女性だった。自分の祖母よりももっと、歳が上のような気がした。年老いた人間特有のアンバランスさで、髪は白く、首は細く、胴は太く、そして背中に骨が浮いていた。

あの、とも、あう、ともつかないことを僕は言った。

「あらぁ、本当に、若い子やね」

と女性は目を丸くした。「舵さんの電話で聞いた……違うんかいね?」と聞かれ、そうです、と何度も頷いた。なんと名乗っていいのかわからなかったので、ひとまず本名を告げる。「荻屋です」と女性は丁寧に答え、こちらの素性をあれこれ問いただすようなことはしなかった。

「はい、はい、お電話いただいとりますよ。遠いところから……。どうぞ。掃除も行き届いてなくて、汚いところですけど」

お入りなさい、というようなことを荻屋さんは言った。僕が呼び鈴を鳴らす前に現れたから、どこかへ出かけるところだったのかもしれないと思ったけれど、その用意があるわけではなかったようだ。どこかから僕が立っているのを見たのかもしれない。僕に言葉をかける間にもすでに背を向けて、玄関を上がりはじめていたのは、客人をぞんざいに扱っているからではなく、その身体を動かすために時間を要するからなのだろうと思った。

荻屋さんの家は古い家特有の渋いにおいと、苦い薬のようなにおい、それから甘さをふくんだ線香のにおいがしていた。どれもが枯れたにおいだと思った。僕は促されるままに敷居をまたいだ。

畳の上に薄いカーペットが敷いてあるのだろう。床の沈み方が独特で、一歩歩くごとに家がきしむ、泣き声のような音がした。

僕がまず通されたのは、電気の消えていた仏間だった。

カチン、と電気をつけると、古く大きな仏壇の扉が開かれていた。

いくつかの位牌の奥に、白黒の写真が一枚飾られている。その人が小木屋さんなのだろう。白黒ではあるが、中におさまる男性の肖像は、僕の父よりも若かった。

「裕次郎《ゆうじろう》に線香をあげにきてくれたんでしょう。ほんとにすまんことで。あの子の交友関係なんかなんも知らんと、連絡も出来んかったから……」

「いえ、僕の方こそ。すみません、急に押しかけて」

失礼します、と言いながら仏壇の前の座布団に座って、緊張しながら手を合わせる。家には仏壇がないから、こんなことをしたのは祖母の家に行った時くらいだ。作法も何も、知らなかったけれど。

仏壇から流れる仏具の金属のにおいをかいだら、唐突に、この人は死んでしまったんだなと実感した。あの詩を書いた小木屋さんは、もうこの世にはいないのだ。

ありがとうございます、と座布団の上で座る方向を変え、頭を下げる。ふすまにつかまり立っていた荻屋さんが顔をくしゃくしゃにして、僕を手招きした。

「ほしたらねぇ、こちら、どうぞ。なあんもないですけど、お茶くらいは飲んでいって下さい」

廊下ひとつ隔《へだ》てて、客間があった。掘りごたつの客間は、綺麗に掃除されていた。もしかしたら僕を迎えるために掃除をしたのかもしれない。

戸棚には何枚か写真が飾られていた。白黒の古い写真にまじってある、新しい写真は、小木屋さんのものだろうか。白黒写真とは違い、カラーではあるけれど同じようにどこか不機嫌な表情をしていた。

ふと、手土産のひとつも持ってこなかったことに思い至った。本当に失礼だと感じたから、素直にそう詫びたら、「そんな、若い人が」と荻屋さんが笑った。

「手を合わせてくれただけで。裕次郎にこんなお若いお友達がいたなんてねぇ」

茶葉をかえたばかりの棒茶を出された。茶托を持つ手は音を立てるほどに震えていて、やっぱり、お菓子でも持ってきてあげればよかったと思った。こんな時にふさわしいものなんて全然思いつかないけれど。

「こっちの人？　おいくつ？」

そんな、他愛もないことを僕は聞かれた。自殺した人の家族を訪ねるのだから、迷惑がられると思ったのだが、彼女は人との会話に飢えているのかもしれない。自分の祖母がそうであるように、僕の来訪を喜んでくれていた。

小木屋さんは元々がここの生まれではなく、母親である荻屋さんの離婚とともに、母親の実家があるこの土地に移り住んだのだという。

ろくに収入にもならない田んぼを世話しながら、真面目で、あまり出かけるようなこともなかった。趣味らしい趣味もなかったはずだと。

お嫁さんは諦めていたけれど、このまま静かに暮らしていくつもりだったと、遠くを見る目で荻屋さんは言った。

「そんな裕次郎がこんな若い子と、話すことなんてあったのかいね」

「話すって、いうか……」

僕はまごつきながら、つっかかりながら、言葉を選んで、気をつけて話した。

「ちゃんと、話したことはあまりないんです。ただ、詩を……。僕は、小木屋……裕次郎さんの詩を読ませていただきました」

僕の言葉に、荻屋さんが首を傾げる。

「あなたも詩を書くの？」

「はい」

素直にそう、頷いた。それだけが接点だった。あってないような接点だ。「ほうけ」と息をついた。

「あんまり、本も読まない子だったんだけどねぇ。歴史小説だけは、一時期好きだったようだけど。それ以外は……詩集も、別にたくさん持ってたわけじゃなかったんやけど」

「裕次郎さんの詩を読んだことはあるんですか？」

「一応ね。でも、ようわからなかったわ。最後まで、わからんもんやったわ」

そう言う荻屋さんの横顔には悲しさがよぎった。死を思い出すことより、息子のことを思い出すより。理解が出来なかったことを悲しむような顔だった。

もしも、と僕は思う。

もしも僕が死んだら、僕の母親もこんな風に言うのだろうか。母親に詩を見せたことはなかった。ひとつ屋根の下にずっといて、そこから出たこともないのに、思考の中心を、心の核を明かしたことがないのは、不義理だろうか。

もちろん、どんなに自分をさらしたとしても、わかってもらったとしたって、親に先立つよりも手ひどい不孝などは存在しないことはわかっている。

ああ、と荻屋さんが声を上げる。

「でも、一回だけね、小さい賞だけど、佳作になったことがあって、雑誌にも載ったのよ。見せて欲しいって言ったわけじゃないけど、その雑誌だけ三冊も買ってきてね。すぐわかったわ」

「その詩は読まれたんですか？」

「ええ、でも、やっぱり」

ようわからんかったわ、と肩を落とした。

小木屋さんの死について、尋ねることはやはり憚《はばか》られた。今ここにいる僕の目的は、無神経な野次馬と一緒だった。他人の死は、何よりも自死は、そうそう簡単に踏み込んではならないものだとわかっていた。

けれど、失礼を承知で、僕は口火を切る。そんな資格などないのに。

「裕次郎さんの、亡くなった時のことを、聞いてもいいですか」

荻屋さんは目を細めた。けれどある程度、その質問をされると覚悟をしていたのだと思う。最期について語ることが、残された者のつとめだとするのならば、そのつとめとは、なんと重いものなのだろうか。

ほんのしばらく、何から話そうか、と考える沈黙があって、

「もう、夏になろうって、六月のことでねぇ」

今はついていないテレビの方を向きながら言う。

「あの子が死んでやめてしまったけれど、そん時はうちには田んぼもあって、田植えの前日だったから、よく覚えてるんだけど。ようやく暑くなってきた夜で」

それから浅い呼吸を何度かして。

「――明け方うめき声が聞こえてね」

思い返しているのだろう。血の気がなくなり、土気色《つちけいろ》になっていく頬が、僕の残酷さをありありと示している。

「部屋に行ってみたら、田んぼ用の農薬をね。飲んで」

はぁ、と深いため息。

「娘も一緒に暮らしているんだけど、その夜は出張に出てて、わたしこの足でしょう、なかなか階段が上がれなくて、もう少しね、早かったら……」

悔恨の言葉は途中で途切れた。どれだけそれを積み重ねても、過去は変えられない無為《むい》さにあきらめをつけるように。けれど。

「一応ね、変死ってことになって。警察も来て、見ていったんだけど、部屋からたくさん、そういう、死ぬための道具や薬品が出てきて。練炭だとか、洗剤だとか……。通販で買ったみたいなんだけどね、もうずっと、死ぬ方法を探してたのかと思うと。もう、お恥ずかしいことだけどね、わたしら、なんも知らんと、ほんと……」

自分を責める言葉がこぼれそうになるのを、荻屋さんは早々に切り上げた。言っても詮ないことだと思ったのだろう。口には出さなくとも、何度も何度も、心の中では自分を責めたのだろう。それでも、何も、覆らない。

どれほど嘆いても。誰かを責めても。どうしようもない。けれど。「せめて」と絞り出すような声を、荻屋さんは吐いた。

「せめて、ねぇ」

台ふきを握る手が震えているのは、加齢のせいばかりではないのかもしれない。

「もう少し、優しい死に方を選んでくれたら」

どうして、あんな、苦しむやり方で……、と荻屋さんはそのまま目元を台ふきでぬぐった。

僕には答えようもなかった。言葉は息絶え、喉は運動を放棄している。胸はもちろん痛んだけれど、その痛みさえ、軽薄であるような気がした。

その一方で、冷静に受け止めようとする自分もいるのだった。彼の死を言葉に変換しようと、詩に変えようとするかのような、非情な自分が。

僕は、考える。優しい死に方、という言葉について。

農薬を飲んで死ぬことは、激しい苦痛を伴うという。苦痛を伴わない死に方があるのかはわからなかったけれど。

小木屋さんは、なぜそんな苦しむ死に方を選んだのだろう。恐怖はなかったのだろうか。

もちろん、死にのぞむ人間の気持ちなんて、想像することは出来ない。僕はこれまで死ななかった。そしてこれからも死なないだろうというおぼろげな予感がある。

臆病で、凡庸《ぼんよう》な意識だ。

それに対して、小木屋さんが死する時、方法を探し、行き着いたひとつ。それしかなかった、とその時彼は思ったのかもしれない。たとえば愛する者への復讐だったのか？　もしくは、苦しみながら死ぬことで自分を罰しようと思ったのか？

だとしたら、それは何に対する贖罪《しょくざい》だろうと目を伏せる。

彼は多分、聖人ではなかったのだろうと僕は思うのだ。詩を通じておぼろげに人柄を知るだけだけれど。しかしあの露悪《ろあく》的な詩を読むにつけて。自分が悪であること、その罪に抗おうとするだろうかと思う。今更償おうとするのだろうか。その針を、痛みを、飲み込むような人である気がする。どれもが印象で、本当のことなどわからないのだけれど。

小木屋さん。

僕は彼が生きて死んだ家の客間で、彼の笑わない写真を見ながら彼を思い、彼に語りかける。

戦争が起きればいいと言っていたという貴方。

ニュースは毎日遠い国の、空爆による殺人を伝えている。その余波は、風に乗って海を越え、遠からずこの国にも訪れるだろう。

貴方の望んだ戦争は、今もうそこまで来ているのに。どうしてそれを待たずに、死んでしまったのか。

生きていれば、と思う。生きていれば何かになったかもしれないという希望は、生きていても何にもならないかもしれないという絶望と表裏なのだろうか。

「ごめんなさいね」

洟をかんだ荻屋さんが、疲れたように笑いながら言う。

「いつまでも、泣いていても仕方ないわぃね」

いいえ、聞かせていただいてよかったです、と僕は頭を下げた。こちらこそ、何も言えなくてすみません、と。

いいのよ、と乾いた声で荻屋さんが笑った。

「そうだ、お願いがあるの。舵さんとは会う機会がある？」

問われて僕は顔を上げる。

「あの人がいらっしゃった時にね、裕次郎の詩を読ませて欲しい。出来れば持って帰りたいっておっしゃったんだけど、その時はわたしもまだ、動転していてね。こんなの人様にお見せ出来るものではないし、それに、わたし達だって満足に読んでもいないんだから、ってお断りしたんだけど。持っていても結局、この数年、読み返すことがなかったから……。多分、これから先も、読めないいんじゃないかと思うんよ」

持っていってもらえないかしら、と荻屋さんは言う。それは僕としても、どうしてもとお願いしようと思っていたことだった。

彼の詩が読みたかった。どんな詩を書いて、どんな詩を重ねて、そして死にたどりついたのか。

「じゃあ、舵さんと……他の、方にも読んでもらって。そうしたら、お返しします。いつか……やっぱり読みたいと思われることがあるかもしれませんから」

読みたい気持ちは確かにあったが、その一方で、もらってもいいものだとも思わなかった。

僕らが持っていて何かに出来るものじゃない。いや、もしかしたら櫻木先生や……誰かが、この詩と、彼を何者かに成してくれるのかもしれない。けれどそんな日がきたのならば、コピーをとればいいだけのことだ。原本は、やはり、この家にあるべきもののような気がした。彼自身が誰かに捧げていないのならば。

ふさわしい人が欲しがるまでは。悲しみは、ここにあるべきだと思う。この家の人達が破棄することも可能であるように。

残すことよりも、時に大切である、壊してしまうこと。

彼女達には、その資格があると思う。残された者の悲しみとともに。理解することが出来なくても。それが大きな損失であったとしても。

「ありがとうね」

と荻屋さんは小さく笑い、苦労して立ち上がる。僕も慌てて立ち上がって手を伸ばし、けれど何が出来るわけでもなくて、ゾンビみたいに腕を彷徨《さまよ》わせるだけだった。

そして一段一段時間をかけて、小木屋さんの部屋があるという二階に上がる。今、この時に、来ておいてよかったのかもしれないと僕は思った。

遠からず、彼女はこの階段も上がれなくなるのだろうから。

それは決して抗えない老いで、歴然とした事実だった。二十歳を超した自分の体感している老いよりも、もっとずっと残酷で確かなものだ。

そして、もしかしたらこの階段をのぼれなくなった時、彼女はひとつの枷《かせ》から解放されるのかもしれないと、重ねて勝手なことを思ったりもした。

小木屋さんの部屋だという和室は、ほとんどの荷物が段ボールに詰められて隅に積まれていた。本棚や机のある場所以外の、畳の縁《へり》が他とは違った。そこだけ畳をかえねばならないようなことがあったのだろう、と思い、奥歯で草を嚙んだような、苦い気持ちになった。

「多分これと……あとは、だいたいこの、パソコン、これに入ってるって、娘が言っていたわ……」

荻屋さんは近くにあった紙袋に原稿用紙の束を入れた。原稿用紙には、几帳面な文字がおさまっていた。それから、数冊のノート。ノートパソコンは机の引き出しの中にしまわれていた。外付けのHDDはほぼ新品に近い状態だった。

それから荻屋さんはうろうろと部屋を彷徨い、何かを躊躇い、そして諦めるように息を吐いてみせた。

たびたび動きを止めていた。多分、この部屋に入るのが久しぶりなのだろうと勝手に推測した。

そして最後に、はっと思い出して荻屋さんは本棚をのぞき、一冊の雑誌を紙袋の上に載せた。

「これ、中に……。本名で載ってるから、よければ見てやってちょうだい」

一度だけ、掲載されたという雑誌なのだろう。雑誌を中にしまうと、紙束ばかりの袋は、ずしりと重かった。一階に戻ってからお礼を言って、荻屋さんの家をあとにする。

玄関まで見送りにきてくれた荻屋さんは、玄関先に腰を下ろしたままで、靴をはいた僕を見上げながら言った。

「ねぇ、あなた、お若いから……。うるさいだろうけど。老人の心配性だと思って聞いてちょうだい」

ボーン、ボーン、と、ものがなしい柱時計の音がした。荻屋さんは、これまでとは違い、眩《まぶ》しいかのように、皺にまみれた目を細めて。

「何があったって、親より先に死ぬようなことをしちゃあだめよ」

その言葉を、聞いて、僕は頷く。

「……はい」

なんだか不思議な気持ちだった。死にたいと思ったことなどないのだけれど。ここまで念を押されて言われたら、却って生きていることが異端みたいじゃないか、と思った。生きていることが異質で、劣等のようではないか。

死ななければ詩は完成しないのか。

生きている者は敗北しているのか。

そんなことを考えながら、僕は破れそうな紙袋を胸に抱え直す。帰り道に足を踏み出しながら、雨が降らなければいいと思う。

紙袋からは、あの、古い家のにおいがしていた。

死に近しいにおいだった。

帰りのバスに揺られながら、そして家に帰ってからも、僕はとにかく小木屋さんの詩を読みふけった。

家に着く頃には長い日も暮れていた。夕食を掻っ込み自室に上がる。三日月《みかづき》の寝息のする部屋で、詩の山と向き合う。

白々とした机の灯《あか》りだけで。

書きはじめた日付が冒頭に、書きあげた日付が末尾にはっきりと書かれる神経質さと、どこか暴力的なところのある彼の詩は、まとめて読むとずいぶん気力を削がれた。その中で白眉であったのは、やはり雑誌に佳作として掲載された《海膿《かいのう》》という詩だった。

爪の間に出来た膿《う》みを、絞り出すグロテスクさの中に、生きづらさの哀切が詰まっていた。けれどそれも、雑誌掲載だから良く見えるのか、良いものであるから雑誌掲載されたのか、僕の曇った審美眼と弱った心で判別することはとても難しかった。

人間の身体が、生きたまま腐るということは、侵食であり悲痛を伴うことである。その悲しみが切々と伝わり、肉体から魂が乖離《かいり》するような跳躍も感じることが出来た。

詩とは畢竟《ひっきょう》イメージの跳躍であると僕は思っている。そういう意味で、《死を喚ぶ》と記されたあの詩と同じくらい、《海膿》は僕の胸に迫った。

じっとりと湿度の高い部屋の中で、数度、咳き込んだ。息苦しかった。泣きたかったのだと気づいたのは、しばらくしてからだった。

けれど涙は出なかった。

これだけの詩を書いた、確かに詩人であった小木屋さんでも、一方ではやはり何にもなれなかったのかと思う。

死をもってしても、この詩も、他のすべても。

ただの紙くずにしかなれなかったのか。

ようやく咳が止まった頃、机の上で、二つ折りの携帯電話が震えていることに気づいた。その音と振動に驚いて、サブディスプレイを見た。

それは、あの『現代詩人卵の会』のメンバーではなく、ましてや死者からの着信でもなかった。

棗雅人《なつめまさと》、という表示を見て、僕は机に突っ伏したまま、心で大きく舌打ちをする。心底嫌になったが、同時に目の前が暗くなって世界が冷たくなるような絶望が、薄れたのもまた事実だった。だからいつもであれば十回のうち九回まで黙殺するその着信をとったのは、まったく、心神が摩耗《まもう》していたせいだとしか言えない。

震える携帯を黙らせるみたいに、通話のボタンを押したら、耳に当てる動作よりも早く、回線を挟んで声、が飛び出してきた。

〈どうしたんだ、大丈夫か?〉

確認したくもないけれど、かけてきたのはそっちの方だ。だというのに、一言目がどうして、そうなるのか。理解に苦しむ。

「何が」

僕はかすれた声でそう答えた。声を出さなければ、無様に咳き込んでしまいそうだった。咳き込んでしまったら、また余計な心配をされそうだったから。

棗という、その人物は小学校から高校まで同じ学校に通った、幼なじみともいえる同級生だった。

もっとも今は遠く離れ、相手は東京で暮らしている。大学で学校が分かれ、もう二度と会うこともないだろうと思っていたのに、今にも切れそうな縁をどうしても切ってはくれず、ひどい時には週に二度も三度も電話を鳴らす。

そうしてつながったと思うと失礼なことを声高に言うのだ。

〈だってお前が俺の電話を一回目でとるなんて、何かあったとしか思えないじゃないか!〉

不必要に大きな張りのある声は、僕の心をダウナーに引き落とす。わかっている。棗からの電話をとっても、なんの益もないということ。楽にもならないし嬉しいわけでも楽しいわけでもない。

なぜなら僕は棗が嫌いだった。

「別に……」

何かあったといえば多大にあったし、かといってお前に言うようなことは何もなかった、と僕は心中で棗を罵倒する。

棗と最後に会ったのは大学を卒業する年の正月だった。突然家を訪ねてきた棗は、半纏《はんてん》を着た僕を見下ろして言ったのだ。

『俺、東京で出版社に勤めるんだ』

はぁ、と思った。どうしてそれを、僕に言いにくる必要があるのか。有名私立大学に進んだ棗雅人は中学校の時からクラスでも大層人気者で、容姿もよく性格もまあ底意地は悪くなく、欠点といえば少し躁病の気があり、どことなく鬱陶《うっとう》しい性質で、人の心に無頓着《むとんちゃく》であること。それくらいのどこにでもいる勝ち組の男のはずだったのだけれど。

なぜか、棗は僕と僕の詩に対して執着を抱いていた。

『いつか、お前の詩を世に出したい』

そんなことを、恥ずかしげもなくはっきりと言った。反吐の出るような響きを、僕は忘れられないでいる。

思えばずっとそんなことばかりだ。

中学の放課後、夕暮れの教室で、僕の詩を音読する棗の声は凜としていた。僕はひどくいたたまれない気持ちになった。羞恥《しゅうち》ではない。けれど、喜びでもない。

いい出来だ。一番いい。

俺は、お前の詩が、やっぱり一番だ。

(そうじゃない)

僕はずっと思っていた。棗が酔っていたのは僕の詩ではなくそのシチュエーションじゃないかと、今でも思っている。

お前は、そうじゃない。

棗から着信があったとして、僕がほとんどその電話をとらず、留守電も聞かず、かけ直すこともしないのは、その着信に用件といえる用件がないからだ。

〈何してた?〉

だから棗は電話をかけてきておいて、僕にどうしたのかと聞く。何をしているのかと聞く。どのように息をして、どのような心でいるのかを、詰問して吐かせようとする。けれどそのどれも棗にとってはどうでもいいことで、本題はその向こう側にあり、しかし生まれながらの勝者であり強者である棗にとっても、この障壁をブレイクスルーするのは厳しいことらしかった。

何もしていないと思った、お前に言うことなんて何もない。けれど僕は嘘がつけない。何を言えば嘘になって、何を言えばごまかせて——

棗を退けられるのか、わからない。

だから僕は、かすれた声で、咳き込みまじりに答えるしかないのだ。

「詩を」

また数度咳。けれどもう、僕の失調など棗には気にならないのだろう。

「詩を、読んでた」

そして僕は文机《ふみづくえ》の上に目を落とす。足の痺《しび》れも構わずに、肘をついて詩の中に没頭する。神経質に跳ねた文字から、苦しみと憎しみが伝わってくるようだった。

「死んだ人の詩だ」

たとえば今、棗に向かって読み上げることが出来たなら、こいつは何かに変えてくれるんだろうかと僕は考える。《死を喚ぶ》という詩を。《海膿》という詩を。その他の様々を。棗に聞いてもらったら。もしもこいつが絶賛したら。熱っぽい口調で。どこか陶酔《とうすい》した様子で。そうしたら、小木屋さんももしかしたら、報いがあったことになるのだろうか。

でも僕は多分そうすることは出来ない。理由はわからないし根拠もないけれど、多分出来ないし実際にやれない。

棗もまたそれ以上追及はしなかった。

〈うん、それで〉

やわらかな調子でそう、電話の向こうで頷いた。物わかりのいい声を装って。どうでもいいと思うことを隠すみたいに。

そしてそのことに安堵《あんど》する自分が一番嫌だった。お前がお前であること。他者を切り捨てる僕の詩を選ぶことを、特別なことだなんて思いたくない。

だってそれもこれも結局は棗の自己愛じゃないか。棗は棗自身の審美眼を、俺が見いだしたのだという自尊心を守りたいだけだ。そんなことに巻き込まれるのなんかまっぴらだ、とずっと思っている。

「それで、」

思っているのに、捨てられないでいる。縋《すが》っているわけではないのに、切ることが出来ないでいる。伸ばされた手を振り払えないのは、その大きな拳が僕の口をこじあけ喉を通り、声帯よりももっと奥、胃袋でも肺でもない場所、あえていうなら腹の底から言葉をさらってくるからだ。

その行為を、晒《さら》される言葉を、僕自身が拒絶出来ないからだった。

「どれも、すごく、いい詩だと思う。それでも、僕は」

あいた手で額をおさえる。HDDをつないだ古いパソコンが青白い光を発している。そこには僕は映らないから。

どんな顔をしているかわからないけれど。

言葉だけは、活字ではなく響きとして空中に浮かぶ。

「死ぬことが正しいとは思わない」

そしてそれを、あやまつことなく、棗の不躾《ぶしつけ》な腕がさらって摑むのだ。歓喜とともに。それが、はっきりとわかる。

〈草間《そうま》〉

と呼ぶ。それは、僕の名だった。名前ではなく、僕の苗字だ。僕が棗のことを苗字で呼ぶように、僕達は互いを苗字で呼び合う。そこには距離ではなく、むしろ積み上げてきた年月がある。

古いデザインの詰め襟を着込んだ、中学の頃に戻った気さえする。机を囲む僕達。セピアよりも色濃い放課後の教室で。

僕以外が饒舌《じょうぜつ》に語り合った未来のことを。

そしてその頃と何も変わらない強い声で、棗は言い放つのだ。

〈忘れるなよ。世界の素晴らしさっていうのは、お前が生きてるってことだ。お前が生きて、詩を書いてるってことだ〉

　忘れるなよ、草間。

その言葉に僕は携帯を投げ捨てそうになる。無性に拒絶したくなるのだ。そうじゃない、と叫んで着信拒否をして電源を切って。

　永遠にさよならを。

〈切るなよ〉

気配だけでその意図《いと》をくみ取ったのだろう。大衆相手にエンターテインメントを売っている奴はお察しのいいことで。

〈頼むよ。逃げるなよ。なんでも相談に乗るから。お前が息をしていると安心するんだ。お前が生きているのが喜びなんだよ。わかるだろ〉

「わからないよ」

ぜえぜえと息を荒らげながら声を絞り出す。そうだ、そんなところに手を入れられたら。まともな息など出来るはずもない。

「お前には何もわからない」

マーケティングといい、エンタメといい、理念と思想と夢とまぼろしを金に換える生業をしているお前には。

絶対にわからない。

僕は時折、本当に時折、このおせっかいで厚かましい、好意と哀れみの押し売りが甚だしい同級生を、憎しみにまかせて殺してやりたくなる。そうだ、死ぬことで思い知らせてやれるのならば、別にそれはお前じゃなくたっていい。

僕だっていいのだ。

その時僕はたった一度だけ詩を書いてやろうと思うのだった。僕の詩を最愛のものだと言う棗のために、その上で僕に生きろと囁き続けるお前のために。

最後に書く詩はどんなものだろう。

それを見せれば満足か。泣いてくれるか。僕にはもう、何も関係のないことだが。

そう思った時に、ふと、僕は中空に焦点を合わせた。

何か、が、はじけるのを感じた。

それから広げられた紙束を、音を立ててめくり、ノートを開きデータを覗き。

「ない」

かすれた声で言った。棗に向けた言葉ではもうなかった。

〈何がだ?〉

いぶかしげに尋ねる声を聞くか聞かないかのうちに、通話のボタンを切って僕は携帯電話を放り投げる。きっと何度か追って電話してくるだろうけれど、今はお前に片手と片耳を貸してやる余裕などないのだ。

「ない」

もう一度丁寧に一編一編を漁りながら僕は呆然と言った。

ないわけないだろう、と僕の中で誰かが喚《わめ》き散らす。

探偵くん、と誰かが呼ぶ声がする。それは僕だ。僕のことだ。僕のことだとするのならば。

――あるべきものが、ここにはない。


小雨が降っていた。もしかしたら雨は強くなるかもしれなかった。夏を控えた空気は蒸していた。僕はバイト上がりの揚げ油くさい服で、荻屋さんの家の前に立っていた。

呼び鈴を鳴らすと、時間をかけて荻屋さんが出てきた。連絡を入れていなかったから驚いたのだろう。玄関を開けるまでにずいぶんな時間がかかり、奥からはテレビの音がした。

「あら」

僕の姿を見て、ぽかんと口を開けた。「突然すみません。先日はありがとうございました」

僕は深々と頭を下げる。

「どうしても、お尋ねしたいことがあって」

「ええ、ああ、はい」

荻屋さんは僕を拒絶しなかった。後ろを振り返って、家の中が片付いているかどうかを気にするそぶりをした。

「いえ、このままでいいです。ここで」

僕は半ば強引に荻屋さんを玄関先に座らせて、深い呼吸をひとつ。それから一息に言った。

「裕次郎さんの詩、読ませていただきました。その中で、どうしても気になったことがあって」

答えを待たず、唇をしめらせて。

「最後の詩って、どれなんでしょうか」

天気が良ければ詩をすべて持ってきてもよかった。けれど雨に降られて濡れると嫌だったから、僕は手ぶらだった。相変わらず、手土産ひとつも持ってこない無礼な若造にも、荻屋さんは懸命に答えようとしてくれた。

「最後、って」

その上で、迷うような、惑うような顔をした。

「最期の、死ぬ直前の詩です」

彼は自死した。それなのに、彼の詩の中に、自分の死を語ったものが、自分の最期をうたったものが見つけられないのはおかしいと僕は思ったのだ。

「小木屋さんは詩人でした。少なくとも、僕の知る限り、僕の思う限りは詩人でした。死ぬことはひとつの大きな転機だったはずです。仕上げだったのか、失望だったのか、諦めだったのかはわからないけれど」

詩を書いたはずです、と僕は言う。書きかけでもいい。ほんのかけらでもいいのだ。思い込みめいた確信。それはむしろ、祈りに近かった。そうであって欲しい。そうでなければ。

詩よりも確かなものが彼を殺したとは思いたくない。

「せめて、亡くなられた直前の、直近の詩を読みたいんです。どこかにありませんか」

僕は彼女が以前言った言葉を思い出していた。詩を持ち帰りたいという舵さんに対して、こんなの人様にお見せ出来るものではない、と答えたという。

それは、この中に入っていない詩なのではないか？

「……詩は」

荻屋さんはやはり不安を顔ににじませて、目を泳がせながら、かすれた声で言った。苦しみながらも、誠意をもって、答えようとはしてくれた。けれど、その答えは——

「詩じゃ、なかったんですよ」

僕は食い下がる。

「詩以外のものは、あったんですか」

遺書らしい遺書はなかった、と舵さんは言った。けれど、じゃあ、遺書らしくない何か、はあったんじゃないかと思ったのだ。

僕の追及に、ため息をつくと、荻屋さんはサンダルを脱ぎ、ゆっくりと立ち上がり、

「ちょっと」

背中を曲げて、振り返りながら言った。

「待っとって」

そして奥に行く。小木屋さんの私室である二階でなく、仏間の方に。そこで、引き出しを開

ける音がして。

荻屋さんは、一冊のノートを持って戻ってきた。

表紙のふやけた、染みの出来た大学ノートだった。

やっぱり、あったのだと僕は思う。ノートを持ってきた荻屋さんは、玄関先に座り直すことはせずに僕に差し出す。

「……これ、あの子が、最後に傍に置いていた、ノートなんだけど……。少し……ショックかもしれんわ」

「見たいです」

思わず即答していた。そんな僕を、荻屋さんは悲しそうに、皺に埋もれた目を細めて見た。

最後のノート。そこに書かれているのは、遺言かもしれないし、そうではない私信かもしれない。それでも。

なんであっても、きっと、詩だろうと思ったのだ。

そしてこれが最後の詩であるとするならば。

そこに小木屋さんのすべてが詰まっているのかもしれない。

それくらいしかもう跳躍点はないと、僕は思っている。殻を割り、皮を脱ぎ捨て。自分からゴールテープを切る、フィルムの終わりのタイミングを選べるならば。

最後の詩を選ぶことが出来る。そのことだけは、本当に価値があると、死に行き着かない僕でさえ思うのだ。

染みのある、ノートの途中のページには、《最期の朝》と書かれた題字。

そしてきっちりと書かれた、死んだ日の日付。

「……」

書き殴られたペンの痕。文字の体をなさない直線と曲線。皺の消えない紙と、時折にじむ、染みのような体液の跡。

「……」

僕は目元を押さえる。

荻屋さんは心配そうに、不安そうに、哀れむような目で、僕のことを窺っている。

玄関先の天井を見上げ、あえぐように、呼吸をする。青白い外灯に虫が集まってくる。息が出来ない。忘れてしまった、見失った、喉と肺の使い方を思い出さなくてはならない。

そこに詩はなかった。

本当になかったのだ。

見開きのノート、それいっぱいに描かれた、子供の落書きのように書き散らかされた線と点。断末魔《だんまつま》の文字の中に、かろうじて、本当にかろうじて読み取れる、意味のある言葉は。文字は。

イタイ
タスケテ
その、二つだけだった。

死した時、遺《のこ》した言葉が。遺された言葉がこれだけだったら、家族はさぞかし絶望しただろう。自分を責め、苦しんだことだろう。

「ほんとうに」

荻屋さんはへなへなと、力なく座した。崩れて溶けてしまいそうだった。いつでもあの日のことを思い出すと、融解してしまうというように。そしてうわごとのように呟《つぶや》いた。

「どうして、こんな」

どんな恨みがあって憎しみがあって、こんなことになってしまったのか。荻屋さんには、さぞや不可解だったことだろう。腹を痛めて産み、育てた子供が理解出来ないほど遠ざかってしまったと。けれど、僕は、わかると思うのだ。わかる。正しさなどはない。確証などはない。でも、わかる、と思う。そう思った上で、僕は、はっきりと言った。

「貴方のせいじゃないです」

こんな言葉に意味はない。誰の、なんの擁護《ようご》にもなりはしない。それをわかっていて、それでも、僕は、言いたかった。

「誰のせいでもないと思います」

確かに、何かが変わっていたら、誰かが止めていたら。小木屋さんは死を免れていたのかもしれない。でもそれを言うのならば。

詩を書かねば、こんな死を選ぶことなどなかったはずだ。

「荻屋さん、貴方の息子さんは」

うつろな目で見上げる荻屋さんに僕は言う。それを口にする、痛みに、顔を歪ませながら、それでも。

「詩を書いて生きたんだと思います」

あの、『現代詩人卵の会』の会員資格として書かれていたように。確かに彼は、詩人だったのだ。だから。

「……きっと彼は、痛みが欲しかったんです」

小木屋さんのことを考える。

《海膿》という詩のこと。《死を喚ぶ》という詩のこと。その他のすべて。そして今際《いまわ》に最後の詩を、つくりだそうとしたであろうことを。

「死ぬほどの痛みが欲しかったんだと。それを、詩にしたかったんだと……僕はそう思うんです」

渇望したのは死が先であったのか。痛みが先であったのか。それは僕にはわからない。けれどその向こうに書ける言葉を探したはずだ。僕ならそうする。我が身をそぎ落とすような痛みの詩が、彼の代表作であったように。

彼は、手をかけることが出来ると思ったのかもしれない。痛みが《海膿》という詩を生み、そしてそれが認められたように。

もっと大きな痛みがあれば。

もっと跳躍する、詩が。

命をかけて、書きたかった言葉があったのだと。

そんなことは多分荻屋さんには思いもよらないことだったのだろう。荻屋さんは、呆然とした顔で、唇を震わせて、

「たかが」

かすれた言葉が吐息のようにもれる。目の端、皺の隙間に濁った涙を浮かべながら。

「たかが、そんなことのために……？」

産んだ甲斐などないと思わせるほどの、後悔の中で息子を失った、彼女は呟いた。

そうだ、と僕は唇を嚙み、思う。たかだか一編の詩。たかだか文字の羅列。その程度だ。けれどすべてだったただろうとも思うのだ。少なくとも、すべてであれと、願ったであろうことはわかるのだ。

いくつかの賞賛や批判をこえ、自分自身をこえて。一編の詩となるために。一番の痛みを、彼は選んだ。

けれどそうして得られたものは、たった二つの、哀れな言葉、だけだった。命を賭けるに値などはしないし、残された者の絶望は、計り知れない。

彼は確かに、詩を書いて生きたのだと思う、その一方で。

僕は、思う。

詩は彼を救わなかったのだ、と。

そしてそれが、不幸なことなのか、それとも幸福なことなのか、僕には一切わからないのだった。

彼の最期の言葉が綴られたノートをパーカーでかばいながら、僕は雨に濡れた身体で帰りのバスに乗り込んだ。

シートに身体を沈めながら、すべてを話そうと思っていた。『現代詩人卵の会』のみんなには。すべてを話し、すべてを読んでもらおうと思った。小木屋さんの詩を。選択を。最期を。生と死を。

理解して欲しかった。僕以外の誰かに、わかると言って欲しかった。

間違ってはいないと。間違っているとしても、それは誰にだって起こりえたかもしれないことだと。僕にも、僕以外の人にも。

外灯の少ない夜道を裂くように走るバスに打ち付ける雨の音が強くなっていく。その中で――

本当のことには何も価値がない。僕はそう思った。

真実なんて、誰も救わない。

それでも僕には欲望があるのだ。僕は、見つけたい。

死ぬしかなかったのかということを。詩を書いて生きることは不可能なのかと。芸術は、詩は、彼らを殺したのかと。

目を閉じるとなぜか、棗の神経にさわる声が思い出された。携帯が鳴るのは幻聴だ。彼の騒騒しい声も。

振り切るように細く目を開ける。けれど声は、消えなくて。
〈世界の素晴らしさっていうのは、お前が生きてるってことだ〉
窓ガラスに浮かぶ、憂鬱な自分の顔に――
そうじゃないんだ、と小さく呟いた。

第二章

C 一節

遠野昼夜

広げた模造紙の上にさなぎとなった君を置いたのは
　構造と構成を転換させてCを表現するためだった
　　口を開けておいでコーヒーを流し込んであげる
　　　煮詰めたような濃さにおびえることなんてないよ

人と埃が同じ響きであることからわかるように
　未知だというのは無学を言い換える怠慢に過ぎない
　　鍵盤に指をおいたリチャードが消えてしまったのは
　　　行くことと帰ることはほんの些細な違いでしかないから

林檎が落ちることに名前をつけた彼は未だ
　亡霊のように彷徨い歩いて本当のことを知ろうとする
　　見えないものを証明したおかげで魂までも縛り付けられて
　　　求めるものとは対極になってしまったと気づきもしない

羽化した君が一番最初にとまったのは秋のことだった
　遠くから根付くことがいつか世界を壊すと嘆くので
　　チョコレートはコーヒーの移り香だと教えてあげよう
　　　鮮やかな、色とりどりの、風にゆれるCの原　Cの海強い圧を感じる空気が、夏の扉をこじ開けようとする七月のはじまりだった。

僕らはまたファミレスの喫煙席、その一番奥で、どこか重苦しい雰囲気をまとって俯《うつむ》いていた。もうこの息苦しさにも慣れたとさえ思った。たった二回目であるのに。

集まったメンバーは前と同じ五人だった。僕と、櫻木《さくらぎ》先生、舵《かじ》さん、ビオコさん、近藤《こんどう》さん。

ドリンクのグラスだけがせわしなく汗をかくテーブルの中心に置かれたのは、一冊のノート。

小木屋《おぎや》さんの、最後の詩――に、なり損ねたもの。

そして僕は語る。つたない言葉で、息苦しい思いをしながら。

彼が、どうして死んだのか。

何を残そうとしたのか。

そして……何も、残せなかったことを。

僕のたどたどしい説明を聞きながら、誰もが無言で、そして最後には大きくため息をついた。みんな口を開くことさえ容易ではなかった。彼の自殺の本当の動機を語った僕自身も、これ以上は何も補足出来なかった。

（本当の、動機、って）

なんだ、とさえ思ったのだ。何もかもが憶測の域を出ず、確かめる術はこの世にはない。証明は出来ない。安楽椅子に座っている者はいないだろう。暴かれる墓は、たまったもんじゃない。そう感じたのは、僕だけではなかったようだった。

「ここで、やめないか」

絞り出すような声で言ったのは、近藤さんだった。外の暑さをしめすように、ワイシャツではなく、半袖のポロシャツを着ていた。

「こんなことをしてどうなるんだ？　君のためにもなるわけがない」

探偵くん、と教師らしい毅然《きぜん》とした語調で僕に語った。僕は心の中で、僕のためにならない、という言葉を反復し、なぞる。自分のためになるということは、なりたいものがある人間にとっての話だ。その未来の指針に添っているかどうかだ。

僕には指針がない。

だから、何も、なんのためにもならない、とは思ったけれど口には出さなかった。別の人が口を開く方がはやかった。

「少なくとも、轍《わだち》を踏むことはなくなるんじゃないか」

低い声で言ったのは舵さんだった。けれどいつものような語調の強さはすっかり隠れていた。彼の方が本当は僕よりも、他の人よりも、ショックが大きかったはずだ。ただの、知り合いではなくて。酒を酌み交わしたこともある、友達だとはいえないまでも、赤の他人ではなかったのだから。

「彼は——最期まで、詩を、書きたがっていた、ってことよね」

ハンカチで口元をおさえ、目を赤くしたビオコさんがくぐもった声でそう呟《つぶや》いた。まるで、彼の死を肯定するかのような言葉だった。「書けなかったけどな」と舵さんは俯いたままで続けた。切り捨てるように。

「飯《めし》の種《たね》にもならなかったし、後世に残るわけでもない」

「けれど、わたし達の記憶には残った」

そう、低い声で告げたのは、黙りこくっていた櫻木先生だった。確かに、と舵さんは大仰に頷《うなず》いてみせた。

「櫻木先生に覚えていてもらえるなら。その創作の血肉としてもらえるなら、対価としては充分かもしれませんねぇ」

どこか無礼を感じさせる言い方だった。けれど櫻木先生は舵さんを責めることはしなかった。その横顔ににじむ無念を察し、八つ当たりの標的にされることをも甘受したのかもしれない。

過敏に反応したのは近藤さんの方だ。

「なんだ、その言い方は」

怒りも露《あら》わに近藤さんが言う。舵さんは小馬鹿にするように肩をすくめて。

「あんたが言われたわけじゃなかろう」

かっとなった近藤さんが身を乗り出し口を開く。それを止めたのは櫻木先生だ。腕を持ち上げることで近藤さんを制して――

「どうだったかね、探偵くん」

僕は突然名指しされて肩を震わせる。櫻木先生は、目を細めて僕に語りかけた。

「知りたいと、思ったことを知ってみて、どうだった？」

「どう……」

僕は目を白黒させて、焦って唇を何度もしめらせた。

「わかり、ません」

その言葉は正しくはなかった。自分のことだ。わかることは、絶対にあるはずだ。

「……正直、しんどいなって、思いました」

僕がそう言ったことで、全員の空気が一瞬、抜けた、のがわかった。しんどい。そう、しんどいのだ。他人の死は、しんどい。楽じゃあない。今この時にも何人もの人間が死んでいっているのに、そのどれもが、心に優しいものではなく――

とてもしんどい話だ。それは、誰にとっても、確かで。だからこそ、僕がそう告白したことでみんなの気持ちがやすらいだ、それもわかったのだけど。

「けど、しんどいからって、やめていいことなのかどうかも、わかりません」

絞り出すように、ぼくは言った。今、しんどいということは、充分な理由だと思う。金を稼げるわけでもないし、誰かから感謝されるわけでもない。誰も、何も、助けない。それはそれ、もしかしたら自分にとってさえもそうだ。

けれど。

「……まだ、知りたいって思ってる?」

そう、隣から覗き込むように聞いてきたのはビオコさんだった。僕はその、大きなイヤリングに挟まれた両の目を見ることは出来なかった。俯いて、目をそむけて、でも。

「折れたくないんです」

そう言っていた。出任せではなかった。小木屋さんの最後のノートを見て、ずっと夜な夜な考えた。自分のしていることはなんなのだろう。

こんなことはもう、やらなくてもいいんじゃないかと。

それでもそのたびに、屈したくないと思った。負けたくないというのとは、違う。このまま続けたところで多分、僕は誰にも勝てない。それでも。

「なんか、折れたくないって、それだけはすごく」

たどたどしい言葉で、詩ではないけれど、自分の口で、自分の言葉を語る。ずっと忘れていたような感覚だった。

そして自分の奥底、中心にある言葉は、それだけでとても詩的であるとさえ感じたのだ。

僕は詩人であるような気がした。

今、ここに、確かに。

それを受け止めてくれるだけの切実さが、ここに座するみんなにはあったからなのかもしれない。

詩だけだったんです、と僕は言った。その言葉はそのまま自分に爪を立てたけれど。僕は続けた。

「詩だけだったけど、これでも、続けてきたから」

人間の死で、たかだか、同じ詩人の死で。

受け止めきれずに折れていたら。誰も、何も残らないんじゃないかと僕は思ったのだ。誰だって、永遠に生き続けることは出来ない。生きているのならば、死に向かうことしか、もう。

屋根裏みたいな自分の部屋で。夜に。昼間に。明け方に。僕は考え続け、思い続けた。死はついてまわる。それは、詩というものが息をしている場所が、すでに滅びかけているからなのかもしれない。

メンバーの誰ひとりとして言わなかった。言わなかったけれど、思わなかったとは限らない。たとえば小木屋さんは……死ぬ覚悟をもって、死んだ。だから、彼は、やりたいことを果たしただけではないのか？

思ったような結果を、詩を、得られなかったからといって。それさえもまた織り込み済みで、詩のために死んで、それで、それで……よかったのではないか、と。

僕は、心のどこかで思った。だから、僕以外の誰かもまた、そんな風に思ったとしてもおかしくはないはずだった。たかだかそんなことのために、と泣く人がいる。僕らは、そんなもののために、生きている。ただ、それを口にする勇気は、生き延びてしまっている僕らには、今はないのだった。

ため息をつきながら「他の人のところにも、行くつもり？」とビオコさんが聞く。僕は頷いた。その正当な資格なんてないことはわかっている。かさぶたをはがすような自虐行為だとしても。

僕は続けるつもりだった。

「そして……いつか、書くのかしらね」

ビオコさんは独りごちるように小さくそう言った。いつか、書くのか。何を、なんて愚問だ。僕らが書くものなんてひとつしかない。

書く、のだろう。書こうとはするのだろう。けれど書けるかどうかは定かではない。小木屋さんだって信じていたはずだった。

死の間際に、詩が書けると。僕らだって信じている。今日なのか明日なのか、もっと先なのか死に際なのかはわからないけれど、でも、詩を書けるって。

それさえ信じられなくなった時に、僕らは詩人として死ぬのだろう。

(果たして、今、生きているのかは、わからないけれど)

生きていることは、息をしていることとはまったく違うことなのだと、そんなことを言っていたのは一体誰だっただろう。

「僕は、勧めないよ」

長いため息のあとに、少し呆れたように、疲れた声で、近藤さんが言った。

「勧めない。君がそうして自己の肯定と何らかの満足のために、他人の死を掘り返すようなことを。でも、もう僕が止めても聞かないんだとしたら、自分のやっていることの不毛さを、その目で確かめてきたらいい」

そして彼は、傍《かたわ》らに置いた鞄から、一枚のハガキを取り出した。

そこは、小さい頃から見慣れた団地だった。といっても、足を踏み入れるのは初めてで、見慣れていたのはその団地名を冠したバス停の名前だけだった。だから、文字列は見慣れていても風景に見覚えはない。バス停の終点となっているその団地で、僕はある古い集合住宅の一室の前に立っていた。

七月の末、盛りに向かう、蝉の鳴き声とともに子供達の声が響いていた。

日曜の午後だった。僕が立っていたのは『加藤《かとう》』という表札の前だった。表札といっても、マンションの部屋の入り口に、白いパネルに黒のマジックで、『加藤昌美《まさみ》・星子《ほしこ》』、と書かれたものだった。その文字の前で僕は深呼吸をした。うっすらと、扉の向こうには人間の気配がある。緊張しながら、インターホンを押した。

〈はい〉

受話器を上げるような音のあと、くぐもった女性の声がすぐに出た。それと同時に、ドアが開いたから驚いた。

二つの出来事に、時間差が、なさすぎた。自動でドアが開いた、と思ったのは、僕の目線よりもまだ下に、ドアを開けた小柄な少女がいたせいだった。

「星子、待ちなさい！」

奥から厳しい声が飛んできた。星子、と呼ばれたのは、この子だろう。どうやら、間の悪いことに僕がインターホンを押した時に出かけようとしていたらしい。髪をひとつにくっていて、びっくりした顔をした。僕の方は、間の抜けた、だらしのない顔をしていたと思う。

肩からプール用の鞄をさげている、Tシャツに短いズボンを穿《は》いた、まだ幼さの残る大きな顔が僕を見上げて。

「こんにちは！」

はきはきと、そんな風に言った。

「……ちは」

僕は口内の水分をみんな汗として出してしまって、乾いた声でそれだけを言った。挨拶《あいさつ》、から、はじまる生活。その、豊かさについて考えた。いらっしゃいませと、ありがとうございます、なら、反射的に言えるのに。

「すみません」

奥から出てきたのは、少女にどこか似た面影《おもかげ》の女性だった。僕を見て、その、見覚えのないはずの姿に少しけげんな顔をした、のがわかった。

女性は少女の肩を摑んでいた。警戒されていた。

「いえ、あの」

僕はうろたえていた。彼女に、何かを言わねばならないと思った。蟬の鳴く声に頭が割れそうだ。なんだ、何を、言えばいい。

「僕、遠野《とおの》……遠野瑞生《みずお》さんの」

僕らが知る上では……遠野昼夜《ちゅうや》さん、という名前だった、彼の、本名だ。

その名前を耳にして、加藤、さんの、顔色が変わった。一瞬だった。

「どちらさまですか」

びりっと、自分の首筋に電流のような緊張が走るのがわかった。すぐに感じ取ってしまったのだ。拒否と、拒絶。入ってはいけないところに入り、見てはいけないものを見た。

「僕、は……」

招かれざる客だということが。

すぐに加藤さんが、少女の背中を押し出すように外に行かせた。

少女は少しだけ僕の顔を見て、それからエレベーターホールに走っていった。いってきますと甲高い声を残して。

僕は、遠ざかる小さな足音を聞きながら、早口で、「遠野瑞生さんの生前の……」とだけ告げようとした。ひとまず、言葉をつむいで。僕は僕の立場を、明らかにせねばならないような気がした。

けれど、言葉を一息に言い終わるよりも先に、

「帰って下さい」

鋭く、斬りつけるように彼女は言った。僕はまるでこれが最後だというように、彼女の、細く痩《や》せた膝から、皺《しわ》の浮かんだ首筋、そして少しこけた頬と、少女と同じようにひとつに結んだ乾いた髪を見た。

「帰って下さい、あの人の話は」

加藤さんの目はうつろだった。

「聞きたくありません。もう」

帰って下さい、とその女性は繰り返した。

僕は、もう随分長い間、人に好かれる努力をしてこなかったから。人から嫌われるということ、その新鮮さと、痛みに、呆然としてしまって。扉が再び閉じられるまで、身動きひとつ、とれなかった。

マンションを出て、明るい日差しの中で思い出すのはあの暗い夜のこと。クーラーの効きすぎたいつものファミレスで。

近藤さんが差し出した、色あせたハガキ。

『迷惑はかけない、と約束してくれ』

そう前置きをして、近藤さんが話してくれたのは、遠野昼夜さんのことだった。三年前の冬の夜、十年前にはこの席に座っていた遠野さんは、鉄道事故で死んだのだという。都会とは違い、鉄道事故で死ぬような人は、この土地には多くはない。事故と処理はされたが、夜の踏切で、耳を塞いでしゃがみ込んでいた、と。彼の死は、遠野という苗字が本名だったこともあって、ローカルニュースによって近藤さんに伝わった。近藤さんは遠野さんの家族に会いに行った。多分それは、遠野さんの弔いのためではなかったのだろう。

ハガキには、転居しました、そのシンプルな文字だけの印刷に、手書きで一言、『お世話になりました』と書かれていた。それは鈍い僕にもわかるほど、簡単な、別れの挨拶だった。

『遠野くんのご家族の今の住所だ。奥さんと、娘さんがひとり。けれど今は、彼女は遠野ではなく加藤という旧姓に戻っている。僕の知る限りでは、娘さんにも父親の自殺は伝えていないはずだ。その意味をよく考えて欲しい』

加藤さん……かつては結婚して、遠野さんだったはずだ。その奥さんは、別れて自殺した夫の客人を拒絶するかもしれない。小木屋さんのようには、うまくいかない。それをわかっていて、近藤さんは僕にこの転居先を教えたのだろう。僕が玉砕してしまえばいいと。打たれて倒れてしまえばいいと。意地悪ではなく、もっと、どうしようもない、行き場のない気持ちから。

近藤さんは教育者だ。そして、遠野昼夜さんの知己《ちき》で……彼が、小さな娘を残して、命を断った、それを、知っていたから。

憤《いきどお》りを隠しもせずに僕に言った。

『遠野くんの死に謎なんてないよ。頭がおかしくなって、別居をして、急に離婚届を出して、人気《ひとけ》のない踏切で死んだ。遺書だってあった。とても平凡なものだ。謎かけが好きだった彼にしては平凡過ぎるくらいだ。けれど、残された奥さんと娘さんは、本当に可哀想だった。おかしな噂が娘さんの耳に入らないよう、小学校も入るはずだったところから離れた学校に行くようにした。その手続きで、相談に乗ってあげていたんだ。けれど僕自身ももう、連絡をとりあってない』

思い出したくもないだろうから、と。

居心地の悪い、棘のある沈黙がファミレスにおり、ビオコさんが気を遣って、早めの解散となった。

僕の手元には、ハガキが一枚だけ残った。

遠野昼夜さんという人について。僕の覚えていることは多くはない。軽快な文章を書く人だった。どこか難解な詩を書く人だった。

僕には遠野さんがどんな人かはわからない。ただ、平凡だった、という近藤さんの言葉を考え、今し方相対した、加藤さんの冷たい目を思い出す。

思い出したくもなければ、話したくもない。そういうことも、あるのだろう。踏み込む僕の方が怖いもの知らずで、遠慮がないのだ。

人を、傷つける、ほどに。歩み寄ることなんて滅多にないから、慣れていなかった。こういうことに。途方に暮れてしまうほどに。

僕であったら、どうだろうか。誰かが来て、何かを尋ねたら。なんと、返すんだろう。何かを、言おうとするんだろうか。

話したいだろうか。本当に？

ふらふらと近くの公園にたどり着いた僕はベンチに座ったままで、ため息も出なかった。公園では蝉の声に負けない子供達の行き交う音が耳を塞いでしまう。行き場のない、どうしようもない気持ちになっていた僕に。

「あの」

かけられた言葉が、あった。

「こんにちは」

ゆるゆると、人形のように、僕はそちらを向く。軽く鼻腔《びこう》をかすめた懐かしいにおいの正体を知って、目を見開いた。

ベンチに座りこむ僕の近くに立っていたのは、「星子」と呼ばれていた少女だった。ひとつに結んだ髪がまだぺったりとしているのは、プールに行った帰りなのかもしれないと思う。懐かしいにおいは、塩素のそれだった。ひどく郷愁《きょうしゅう》を刺激された。

「何してるの？」

彼女は、人見知りを知らないような真っ直《ます》ぐな目と言葉で僕にそう尋ねた。僕は答えようと口を開きかけて、どんな言葉を選べばいいのかもわからなくなった。

子供は好きとも嫌いとも思ったことがない。そもそも接したことがないから、苦手意識を持つことさえ出来なかった。

異国の人間のように感じられた。もしくは、生まれた星、が、違うような。そこまで思って、星子、という名前が頭の中にきらめいた。

星子、星子ちゃん、星子さん。

僕は心の中で彼女を星子さんと呼ぶことにした。星子と呼び捨てにするには、彼女に対して子供という割り切り方が出来ないし、女の子をちゃんづけで呼んだことなんか、覚えている限りなかった。

男の子だったらまた別だったかもしれない。僕にとっては同年代だって女性は理解できない生き物だし、女の子ときたら、もう正体不明の異物だ。

僕がうろたえてる一方で、彼女は物怖《ものお》じをしなかった。

「うちに来た人だよね」

星子さんはそう言って、僕の隣に座った。僕は硬直したまま、彼女から逃げる機会を逸してしまった。

星子さんは重ねて僕を覗き込んで尋ねた。

「星子のママに怒られた?」

ううん、とも、うん、とも、つかない返事を僕はした。怒られてはいない。ただ、嫌がられただけだ。当然だった。招かれざる客、だから。

「……怒られる、よ」

僕と喋《しゃべ》れば、君の方が、という意味のことを、僕はもごもごと言った。僕と、喋っていたら、怒られるのは君の方だ。多分、きっと。確証は、ないけれど。

けれど星子さんは少しすねたような顔をして、背もたれに背中を預けながらサンダルばきの足を放り出して言うのだ。

「ママはいつも怒るもん」

その時、僕らの間に奇妙な共感が生まれた、のがわかった。

加藤さんに怒られた僕と。

よく怒られている星子さんの。

ヒエラルキーにおける弱者同士が、互いの弱さを確かめあうような気持ちだ。なんとなく、彼女が僕に話しかけた理由がわかった気がした。僕を、怒る方ではなく、怒られる方の人間に、分類したのではないか。

その証拠に、星子さんは僕をじっと見つめて、

「お兄ちゃんが怒られてたのなんで?」

やはり人見知り知らずの躊躇《ためら》いのない真っ直ぐさでそう尋ねた。無邪気だとは思わなかった。抜き身のような言葉だと思った。

「……それ、は」

なぜ、か、と理由を掘り返し、言語化するのは決して簡単ではなかった。星子さんは続ける。

「お兄ちゃん、悪い人なの?」

僕の戸惑いなどおかまいなしに、矢継ぎ早に言葉を紡ぐ。具体的ではなく抽象的なその問いに、これならば答えを返せるのかもしれないと思った。僕はやはり所詮、抽象の世界に生きている。

「悪い……人じゃないけど、いい人じゃ、ないよ」

けれど、その返事の凡庸《ぼんよう》さと退屈さには、自分でも飽き飽きするのだ。こちらを見つめてくる黒い瞳を見るのが嫌で、俯いてつま先を見ながら言った。

「君の、お母さんが、聞きたくない、話をしたから」

だから、怒られたのだ。怒られて当然だった。怒ったという言い方では、怒る方が悪いみたいだけれど。

人の、嫌がることは、してはいけません。幼稚園児だって習う。人間の、基礎の基礎だ。

「パパのこと？」

間髪《かんはつ》を容《い》れず星子さんが言った。その、やっぱりむき出しの返答に、僕はいちいち言葉に詰まり、咳き込みそうになる。本当に咳き込むわけではない。わざとらしい、逃げの反応だと自分でもわかっている。

星子さんはどこか得意げに自分の知識を披露する。

「とおのみずお、ってパパでしょ。星子も前は遠野って名前だったもん。パパが事故で死んじゃう前だから、小学校に入る前だけど」

事故。その言葉に僕は目を細めた。そしてそれから、

「……何年生？」

星子さんよりも随分言葉の足らない聞き方で、尋ねた。君は今小学校の何年生なのか、と聞きたかった。少女はそれでも、何度も聞かれたことがあるのだろう。用意してあったみたいに、

即答した。

「三年生」

小学校の、三年生は、一体何歳だっただろうと考える。六歳が、一年生だったような気がするから、八歳か、九歳か。

僕が思うのは、じゃあ、十年前にはこの子はいなかったんだということだった。それは不思議な年月の感じ方だった。なかったものが、あるようになる、という、奇跡。

そして同時に、遠野さんは十年前、確かに詩を書いて生きようと思っていて。その時には、まだこの小さな、真っ直ぐなまなざしの黒目の女の子は生まれていなかった、ということになる。

その歴然とした、歴史上での事実が、どのような因果《いんが》関係で結ばれるのかはわからない。ただ、遠野さんとはどういう人なのだろうという、強烈な興味が、自分の中でわき上がるのがわかり、気がつけば口を開いていた。

「お父さんのこと、覚えてる?」

言ってから、これは本当は聞いてはいけないことなんじゃないかと思った。本来ならば、彼女の母親に聞いていたであろう、思い出の話を、母親から拒絶された上で、この分別もつかないような少女に聞くのかと。

迷惑はかけないでくれと、確かに言われていたのに。

「覚えてるよ」

星子さんは答えた。今までと変わらない、平坦な調子で。僕は一息で、「どんな人だった?」と聞いた。

そこではじめて、星子さんは少し言いよどんだ。けれど、心が傷つき、言葉を止めたという風ではなかった。

「おっきい」

その、簡単な答えに、僕の質問の方がまずかったのだと思い知った。答えやすい問いと答えにくい問いがある。僕の問いの抽象性が、答えを惑わせた。

答えやすい問いとはなんだろうと僕は考える。同時にそれはつまり、僕は何を聞きたいのかということでもあった。

聞きたいことに具体性などない。ずっと、なかった、ということに気づく。残していった人について。残された人が、言いたいことを、知りたい、と思った。そしてそれは問いかけを放棄した、ひどく他人任せな態度であったようにも思うのだ。

死んだ詩人が。

どんな風に、生きて、死んだのか。

死ぬしかなかったのか。

死ななければ詩人じゃないのか。

それが、聞きたい。けれど、どんな風に聞いたら、僕の欲しい答えが返ってくるのかわからなかったし、正解なんて、あるとも思えないのだ。他人の言うことなんてあてにならない。僕だって、僕の中身のこと、ほんとうのこと、を他人に断じられるなんてまっぴらだ。吐き気がする。それでも。

僕がずっと、問いかけているのは。

もしかしたら、答えなんてないからではないのか。

ないものを、ない、と、証明することは非常に難しいことだ。あるものを、あると発見するよりも、ずっと。

日差しに前髪を焼かれながら、にじむ汗が流れていく。僕はこのまま自分が焦げ付いて死ぬイメージを想起する。もちろんそれは想像上のもので、ただの逃避だ。スイッチが切れて、会話が続けられなくなる。

夢想へと逃げ出した僕を、星子さんは捕まえる。トンボを握り潰すみたいに、力の加減もわからず致命的に。

「お兄ちゃんが、パパを知ってるんじゃないの?」

うちにパパを訪ねてきたんでしょう?

その言葉に、僕は自分の口元をさする仕草をした。嘘のない、誤魔化《ごまか》しも遠慮もない少女の言葉に、どんな風に返せばいいのかわからなくて。

「……あんまり、知らないんだ」

正直に言って、でも、幻滅させるのが怖くて——

「でも、全然知らないって、わけでもない」

結局そういう、お茶を濁す程度のことしか言えなかった。そんな僕に、星子さんはやっぱり、ためらいのない問いかけをしてきた。

「じゃあパパの、仕事ってわかる？」

僕は彼女の方を向く。驚きに。その、インパクトに。見上げてくる黒い瞳を見てしまう。自分の本性が見透《みす》かされそうな、おそろしいそれを。

遠野昼夜さんの仕事がなんだったのか、を僕は知っている。

SNSのプロフィールという、曖昧《あいまい》な情報源で。年齢に性別、出身地、特技にはタロットカードと占星術とあった。占星術、の言葉に、星子さんの名前の由来を思う。

そして、職業の欄には、建築士という言葉とともに、括弧書きで（詩人）と書かれていたことを、僕は知っている。

結局、何が彼の本当の意味での仕事であったかは、わからないのだ。金を得る手段として建築士をしていたのか、それとも、その仕事は生きることそのものだったのか。

ひらめくように、詩人は職業だろうか、と僕は思う。考える。

生き方は仕事ではないとしても。詩人として生きて、詩人として死ぬことは、詩人として働いた、とイコールではないのだろうかと。

表向きの仕事を言うことは出来るだろう。けれど僕が、教えなかったとしたら、星子さんは、父親の詩人としての側面を、知らずに生きていくのだろうか。

それがいいことなのか、悪いことなのかは、わからない。詩人であることが死を喚《よ》んだのだとしたら、彼女が知らなくていいことだともいえるだろう。

ただ、暗い気持ちが吹きだし、そして霧みたいに目の前がおぼろげになる。

星子さん、君は知っていますか。

どうしてお父さんが亡くなったのか。

そこに至るまでの、僕の懊悩《おうのう》について。きっと知らないのだろう。彼女の父親は事故で死んだ。そう言うことで、彼女を守っている。彼女の心を。真っ直ぐな瞳を。そしてそれが正しいことだと僕も思うし、部外者が踏み込んでめちゃくちゃにしていいわけがない。

思考がそこに至るにおよんで、僕はまた度重なる後悔におそわれた。来るんじゃなかった。喋るんじゃなかった。出会うんじゃなかった。

生きていることさえ、罪悪だと思ってしまう。こんな小さな女の子に、絶望的な事実を突きつけてしまうかもしれないなんて。

「夏休みの宿題が出たの」

黙ってしまった僕に、星子さんは自分の言葉が足りなかったと感じたのか、説明を加えてくれた。

「作文でね。題名が『お父さんの仕事場』っていうのなんだけど」

僕が小学生だったのは、もう十三年以上前のこと。それから一体どんな風に教育の現場が変わったのかわからないけれど、まだそんな無神経な教育が行われているのかと思ってしまう。

けれど星子さんは真っ黒な目を、聡明《そうめい》に光らせて、

「お父さんがいない人は、お母さんでもいいって先生は言うんだけど」

その言葉は、彼女が自分の欠落を受け入れているようにも聞こえた。いないものは仕方がない、というように。ともすれば、女の子らしい狡猾《こうかつ》さで、不幸もアクセサリーのひとつにしてしまうのかもしれないという考え方はきっと、穿《うが》った見方で失礼が過ぎるだろう。

子供の傷つきやすい小さな魂は、多分瑞々《みずみず》しくて繊細だ。だから気後れしてしまう。

宿題は、お母さんでいいのではないかと思うのだ。その方が、波風は立たず、傷つくこともないだろう。けれど星子さん自身はそれに納得していないようだった。

細く丸い肘を膝につけて。

「確か星子、お父さんの仕事場、聞いたことがある気がするんだ」

僕はひとり緊張を感じた。それを誤魔化すように唇を舐《な》めた。少し汗の味がした。

「小学校に入る前だったから、あんまり覚えてないんだけど、お兄ちゃんなら知ってるのかなって」

「仕事場って、どんな？」

僕は尋ねた。急かすみたいに。

星子さんは少し考える仕草をして、でも、もしかしたら何度も頭で思い返したのかもしれない答えを、すらすらと言った。

「お屋根は丸くて、中は白、外の壁は緑と黄色」

まるで謎かけみたいな口ぶりだった。

「入り口と出口が一緒だから、間違えちゃだめだよって」

それから星子さんは視線を落として、

「行ってみたい、って聞いたら」

小さな声でつけ加えた。

「いつでも行けるよ、ってパパは言った」

いつでも。すぐに。いつか。

子供は、大人の嘘に敏感だ。果たされなかった約束にも、いい加減な誤魔化しにも。だから、彼女は忘れられないのだろう。下手したら、いつまでも。

「わかった」

僕はそう言っていた。

「僕は知らないけど、知ってそうな人に、聞いてみるよ」

大人がいて、子供がいる。僕はもう子供ではないけれど、まだ子供であった時間の方が長かったから、肩を、もってしまう。けれどもう、大人だから、そんな、確実ではない約束までしてしまうのだと思った。

そして僕らは次に会う約束をして別れた。三日後の同じ時間、また、公園で。

お母さんには秘密でね、という僕は、誘拐犯みたいで、すっかり悪い人間になったかのようだった。

遠野昼夜さんの仕事場について、近藤さんに聞こうかと携帯電話を開いたけれど、どうしても、責められるような気がして、メモをした番号を発信できなかった。

少女との曖昧な約束を、本当に果たそうと思っていたのかは自分でも怪しいところだ。それでもバイト帰りに繁華街のネットカフェに行くと、クーラーの効きすぎるオープン席で、身体を丸めてキーボードを叩いた。

検索窓を開き、何度か指先をキーボードの上でうろつかせてから、遠野さんの本名を検索した。

膨大なネットデータにアクセスするには、僕の古い携帯ではらちが明かない。やってはみたけれど、こういうことは、慣れないし、いい気持ちがしない。他人の生活を、交友関係を、思想を、見たくないところまでこじあけてしまったらどうしよう、と思う。僕がインターネットを敬遠するのも、そんな不安感がどうしてもまとわりつくからだった。

検索結果からは、遠野さんの高校や大学での活躍の跡が見られた。どれも、詩のことではなかった。またその情報はどれも、彼の社会人になってからの生活とはつながっていないようだった。

ただ、一件だけ、ある社会人のフェイスブックに書き込みがあった。

数年前の日付のその記事には、無機質な文字で――


ようやく雪が止んだ。長期の休職中ではあったが、弊社の社員である遠野瑞生の葬儀に。

意気消沈《いきしょうちん》した遺族の方、特に一度だけ挨拶をしたことがあるご家族にお悔やみを。まだ若く、優秀なスタッフだった。心痛極まりない。

そう書かれていた。軽い言葉だと思った。心の、痛みを、こうやって拡散して何になるんだと、こういったSNSを見るたびに思ってしまう。むなしい消費だ。そして同時に思うのだ。すべての表現が、むなしい消費で。

言葉には、魂なんてないと。

僕はフェイスブックのページの見方に四苦八苦しながら、彼のプロフィールを覗き、職業の欄を見た。書かれていた建築事務所の名前を、流れるように検索にかける。

出てきた住所は、今いる繁華街からほど近いオフィス街だった。瞬《まば》きをして、少し考え、それから勢いをつけて、ネットカフェを出た。その前に、該当の住所にピンをさした地図を印刷して。

日差しの強さに加えてコンクリートに反射する熱が、俯いても僕の目を焼いて難儀した。日陰を歩くように道の端に寄りながら繁華街を抜けて、オフィス街の裏通りへ。ステンドグラスのはまった塔のような門のある神社の脇を抜けると、いくつかの古いビル。一階の部分は駐車場となったその一棟の三階に、該当の建築会社があった。

目の前にして、不思議な気持ちを覚えた。インターネットで調べた情報に書かれた通りに、建物があって、生きている人間がいること。僕はコンクリートで出来たビルの階段をのぼり、建築事務所の前まで来た。

灰色の壁に、扉は黒い。

屋根も別に、丸くはない。星子さんの言葉を思い出して、僕はけげんな気持ちになる。

本当に、ここが？　遠野さんの勤めていたという仕事場なんだろうか。

インターホンを鳴らすと、女性の声。例のフェイスブックの追悼文を書いた人物の名前を告げると、外出中だとの答え。じきに戻ると連絡があったから、中で待っていて下さいと言うのを慌てて断り、階段を下りた。

入り口に書かれた建築事務所の名前を口を開けてしばらくの間眺めていたら、車が一台入って、人が降りてきた。

壮年の男性の顔に、軽い既視感を覚えた。

フェイスブックに載っていた、写真の、と思考が行き着くと、勢いで、言っていた。

「あの」

男性は振り返る。閉めた自動車のドア付近から、車内の冷たい風がもれてきた。

「この、事務所の方ですか」

「ええ、はい」

と男性が返事をしてくれた。クーラーの効いた車を降りてすぐであるからだろう。まとう空気がひんやりとしていた。僕は意味もなく頭を下げ、目を伏せたままで小さな声で言う。

「ここって、以前からあった会社ですか。移転してきた、とか……。知人が、以前勤めていたって、聞いたんですけど……」

本当にここか、わからなくて聞いた。男性はきょとんとして「いや、ずっとここだよ。知人って？」と僕に尋ねた。

僕は目を細めて、小さな声で言う。

「遠野、遠野、瑞生です……」

嘘を、つく。知人だなんて、そんなもっともらしい顔で言っていいはずがなかった。何も知らない。ただ、死んだ後に――

こうして彼の墓を、暴いているだけで。

「ああ……」

男性は一瞬記憶を掘り起こす顔をしたが、すぐに思い出した。

「遠野さんなら、確かにうちにいたよ。三年くらいかな。けど、次第に休みがちになって……。あの時も、しばらく無断欠勤になってしまって。……え、もしかして、知らなくて来たの？その……、知ってるよね？」

問いかけに僕は、はい、と答えた。何を、知ってるかなんて、今更。確かめるまでもないことだ。

僕は、彼の知人でも、友人でもないけれど。

多分、この人の言うことは、彼の最期のことだろうから。「知って」いる。男性はそのまま首振り人形のようにゆらゆらと何度か頷いて。

「ええと、それで……」

僕の来訪の意図《いと》を尋ねたいようだった。僕はまた、誤魔化しと嘘のまじった理由を重ねる。出来の悪いミルフィーユみたいに。

「娘さんと、会うことが、あって、生前の、お父さんの仕事場を知りたがっているようだったので……」

ああ、とまた男性は頷いた。

「奥さんと、お嬢さん、元気？」

僕は曖昧に頷いた。元気、ということが、どういうことかは僕にはわからない。元気ってなんだろう。僕は元気だろうか。

僕の淡い返答に、男性は勝手な解釈をしてひとりで納得をして、

「確か、亡くなる前に離婚したんだったか……。迷惑をかけないつもりだったんだろうなぁ。まあ、結局全部、エゴだろうけど……」

エゴ。その言葉はいいな、と僕は心の中で思う。僕のこれも、エゴだ。ひどい勝手だ。誰のためでもない。あの小さな女の子のためでさえ。

けれど一方でやっぱりおかしいなとも思うのだ。ここがもとより遠野さんの仕事場だったら、やっぱり星子さんの話と合わない気がする。

たとえば星子さんをここに連れてきたとして、彼女は納得をしてくれるだろうか。いつでも行ける、という約束の場所が、ここだって。

けれど、それを男性に尋ねることも出来なくて。代わりに、僕は尋ねていた。

「……仕事をしてる、遠野さんて、どんな人でしたか」

聞きたいこととは、少し、ずれている。本当は、そうじゃない。そうじゃなくて——

詩を書いているって、知っていましたか。

そう聞きたかったけれど。どんな風に聞いたら、自然な問いになるのかわからない。男性は僕の問いかけに、あまり考えずに答えた。

「普通に、仕事熱心だったよ。製図の腕もよくてね。けど、ちょっと神経質な面もあったかな。勝手にスケッチブックを見ると怒るようなところがあった。けど、あんなことになるなんてな……」

あんなこと。

僕は、その時、その日に、一体どんな不幸が、一体どんな悲惨が起こったのか、本当はわからない。けれど、たとえば小木屋さんのお母さんのやつれた顔や、帰ってくれと言う加藤さんの、目のうつろさを思い出す。だけど僕よりも当時遠野さんに近かったはずの男性は、どんどん気温の上がる駐車場の暑さに辟易《へきえき》するようにため息をつきながら言うのだ。

「まったく病気ってのは怖いもんだね」

「病気、ですか」

僕は思わず言っていた。心の病が彼を殺したんだろうか、と僕は考える。自殺は病気だと言っていたのは近藤さんだったか、舵さんだったか。

追い打ちをかけるように、投げやりな言葉。

「普通なら、死ねるわけがないだろう。あんな可愛い娘がいてさ」

普通、ではない、異常、の状態。確かに普通ではなかったんだろう。ただ、普通じゃいられなかったのか。それとも、普通ではいたくなかったのか。

元気。普通。異常。

どれもみんな相対的で、絶対のものさしなんてない。そして、詩は、間違いなく、異常や逸脱から生まれてくる、と思う。

お話ありがとうございました、と言って、僕は男性を高熱の外気から解放し、自身は炎天下に戻って行く。

もう一度古いビルを振り返る。そして、仕事をする遠野さんのことを思った。真面目で、少し神経質なところもあって、まだ若くて。優秀で。

詩を、書いてはいましたか?

病気、という言葉が頭をかけめぐって、僕は歩きながら、陰鬱《いんうつ》すぎる気持ちになった。病気が、彼を殺したんだとしたら、もしかしたら、無関係だってことも、あるんじゃないか。遠野さんの死に、詩人であることなんてかけらも関係ないんじゃないかって。

不幸な事故があるように。不運な病気があったとして。

彼は、どの時点でかわからないけれどすでに、詩を捨てていて。そうでなくても、もとから、詩は彼の中で多くを占めてはいなくて、生きていく手段でも、目的でも、生き方でもなくて、ただの、趣味で。死の淵に立たされた時に、詩のことなんて思わなかったんじゃないか。

あんな可愛い娘がいて、という言葉を思い出す。僕からみればその素直さに臆してしまうような星子さんだって、確かに可愛く、心を寄せるに足るものだと思う。彼女のために、仕事にうちこんで、詩を捨てて、いや、理由なんてなくても、詩人が詩人でなくなるのなんて一瞬だ。むしろ、詩人が詩人である状態の方が、生きている総時間からすればイレギュラーだった。

かつて《C》という詩を書いた詩人はすでに死に。

彼は、ただの、異常者として、病人として死んだんじゃないか。そうだとしたら。

僕は、無力だし、無関係だし、お呼びじゃない。諦めろと、嫌になってしまえと、近藤さんがそういう風に僕に押しつけた、これが、その、意図した通りの結果なんだろうか。

肌を焼く日差しに首をすくめて、背中を丸めて、僕は家までの道を歩き出した。汗が膝の裏を流れていくのを感じた。朝に出たはずの仕事場であるコンビニの前を足早に過ぎて、陽炎《かげろう》のゆらめく歩道を歩いて。大きな川の傍ら、松並木のそばを歩いている時に、その声はかかった。

「やっと帰ってきたな」

明るく爽やかな声だった。焼け付く日差しと陰鬱な気持ちとはあまりに対極な。だから、最初は、自分にかけられた声だなんて思わなかった。

耳障りな、でかい声だなと思って、目をそらそうとして。

一拍おいて、聞いたことのある声だということに、気づいた。すぐにわからなかったのは、こんなところにいるはずのない相手の声だったからだ。僕は顔を、上げる。そこに立つ人は。

白いシャツを着て、濃い色のスラックスを穿いて、かすかに色を染めた短い髪をして。健康的に焼けた肌をして、白い歯を輝かせて。

「久しぶり、草間《そうま》」

そう言って、笑った。

棗《なつめ》、と僕は、呼ぶつもりのなかった名前を、呼ぶ。川から強い風が吹いて。僕は目の前が暗くなるような、気持ちになった。

顔を合わせるなりUターンして去ろうとした僕に、棗は慌てて走りよって肩を摑んだ。強い力だった。握力じゃなくて、生命力の強い力に、僕は顔をしかめた。

「なんだよ」

離せ、という言葉をそういう風に変換して顔を歪めて言ったら、

「なんだよじゃないよ!」

久しぶりに顔を合わせた旧友に心温まる言葉もないのかと棗は僕にまくしたて、「暑さなら間に合ってる」とすげなく答える。

「人心の問題だ! もっというなら、俺と、お前の! 冷え切った関係性を温める丁寧な手順を要求する!」

「誰のために?」

「俺のためだよ」

即答。ため息も喉につっかかって、満足に出なくなる。

暑苦しい。鬱陶《うっとう》しい。会話も食い気味に距離を詰めてかきまわす、こいつの乱暴な自意識が本当に嫌だった。嫌いだった。重い、し、負担だ。

彼がいたから、ひとりではなかった。学生時代から。多分それは確かめるまでもない事実で、恩義だ。かといって――

返せるものは何もないし、何より「何かくれるならお前の詩でいいよ」と返すであろう、棗の無神経さが嫌で嫌で仕方なかった。

「なんで」

いるんだ、と聞いた。最後の言葉にかぶせるように、棗が答える。

「帰省。混むから盆とずらしただけだけど」

ぐい、と腕を引かれた。河川敷に降りて、川べりの日陰に座らされる。

「飲み物買ってくる」

こっちも暑いよなァと、そんなことを言ってふらりと自販機に歩いていく、その少し肉のついた白い背中と、ややアンバランスな大きい肩掛け鞄を見ながら、何をしているんだろうなという気持ちになる。棗も、僕も。心はざわついて、息がしにくくて、身体は汗ばんで不快だ。

さらに夏の空気は湿度が高くて重くて、立ち上がる気力をなくす。一日の終わりでろくに寝ていなくて、炎天下を歩いて、疲れてるんだ、と身体が細胞レベルで主張をする。疲れて、いる、から、お前となんか話したくないし、同時に逃げる気力もない。

「はい」

目の前に差し出されたのは、ポカリスエットの細いペットボトルだった。なんと言っていいかわからなくて口を曲げていると、

「冗談だって」

反対の手に隠していた、コーラのペットボトルを渡して寄越した。今度は差し出したのじゃなく、半ば投げる形で。受け取るしかない状況をつくりだされた。

ポカリスエットをはじめとした、スポーツドリンクが嫌いだった。舌につく塩分が、人間の体液を彷彿させるから。それが嫌だというのは学生時代に棗とした会話で、十年以上を経た今も、律儀に覚えているのが不愉快だった。そういう、出来る人間の心遣いみたいなものが。あるいは、学生時代を忘れられない未練がましさみたいなものが。

またあるいは、未だにスポーツドリンクが飲めない自分の変化のなさが嫌なのかもしれない。冷たく汗をかいたコーラを握りながら、僕は棗に飲み物を奢ってもらういわれなんてひとつもないと思った。それでも、突き返すことも出来ず、礼を言うことも出来ずに、この暴力みたいな会談の、せめてもの対価として受け取ることにした。

冷たい炭酸が喉を焼いた。川のにおいが一緒に鼻に抜けて、まざりあって夏の味がした。生きていたものが腐っていく気候の味だった。

「相変わらず白い顔してるな、ちゃんと寝てないんだろ」

僕の隣で僕の座っている石よりも大きなそれに腰をかけ、ちょっと笑って棗が言った。棗、

お前は日に焼けた、と思ったけれど言わなかった。肌の色の違いを感じるような、繊細な感想を相手に対してもっていると思われるのが癪《しゃく》だった。

僕らはそれこそ高校生みたいに河川敷の木陰に座って、ペットボトル飲料を飲んで、しばらくなんの益体もない話をした。喋っているのはほとんど、棗ばかりだったけれど。

駅の工事がいつまでも終わらないとか。

ずいぶん昔に取り壊されたスーパーの跡地には何が出来るのかとか。

流行りの映画だとかサッカーだとか、スマートフォンのゲームの話だとか、そういうものを。

それはこの、暑い日に汗をにじませながらわざわざ話すべきことなんだろうかと思ったけれど、どこか安心したのも事実だった。核心に、触れなかったから。

(核心って)

なんだろう、と自問する。僕の中枢と、お前の中枢と、そういう話を、避けて、でも、逃げられなくて。

「で、」

棗がスタッカートみたいに言葉を区切った。その瞬間、僕は息を止めた。

「お前はどう? 書いてるか?」

「何を?」

平静を装って、聞き返す。でも、全然だめだ。無理だった。返答が早すぎた。声も、震えていた。ばればれだ。見透かされる。もう、嫌だ。恥ずかしい。死にたい。

だって、その証拠に、

「今更」

それ聞き返すの、とふっと棗は笑った。人好きのする顔で、まったく嫌な笑い方をする奴だと思った。本当に嫌いだ。帰れ。いや、帰ってこなくていい。お前の帰るところじゃない。行ってしまえ。どこにでも。どこまでも。僕の知らないところへ。

「……書いてない」

僕は顔をそむけて低い声で、言い訳するみたいに言い逃れするみたいに、痛みをこらえて過ぎ去るのを待つみたいに、言う。

「今、考えることが、多くて」

「何」

鋭くて、容赦のない、大きい声で棗が聞く。うるさい、と思う。うるさいしきつい。やめろ。頭がぼんやりとしてくる。呼吸の仕方が下手くそで、朦朧《もうろう》として。

あんまり考えずに、脳から直結して、言った。説明も面倒で聞いて欲しい話なんてなくて。

「命題って、やつ」

そう、言ったら。

「古いやつ？」

間髪を容れずに返してきた。

——ここにあたらしき死があり、

――同時に古き命題が示された。

それはそのまま、僕がずいぶん昔に書いた詩の音読であり確認なのだった。まったく僕は棗から尊重《そんちょう》されていた。そう、尊重ってのは、精神的な優位者だけが出来る行為だ。

僕は膝を抱えるようにして、眼球だけ動かし棗を見た。

その向こうの幻を見た。制服を着たお前が僕から赤ペンを借りて、詩を綴った大学ノートに走り書きをする様だとか。

ルーズリーフと活字が印字されたコピー用紙が舞う。職員室からくすねてきた原稿用紙の枡目の埋め方を話しながら、ぎっちょの文字は読みにくいとお前が笑う。

それらがみんな幻だと、わかってはいて。

僕はお前のその、押しつけがましい情深さが嫌いだし。

他人に期待をさせて価値あるものだと信じさせるペテンが嫌いだ。

十年以上も前の、僕の詩を、一言一句覚えている、お前の――

健康さと軽薄さが憎い。

たとえばあの頃にお前が、僕の詩が一番だなんて言わなければ。優劣なんてつけなければ。勝敗なんて決めなければ。ジャッジなんてしなければ。僕は、僕達は……。

思考が袋小路に入り込む頃、影も幻も一緒に消えていた。夏の太陽を背にする棗は眩《まぶ》しくて、陽炎みたいな影だけが、笑う。

「いいんだ俺は、お前が相変わらず鬱々《うつうつ》と悩んでてさ、それでもすがりついてやめないでいてくれるならそれでいいと思ってるんだ」

またはじまった、と僕は辟易する。

お前のその、それでいい、という、暴力的な肯定。

きっと続くのは、独裁者みたいな熱弁だろう。

「俺もそうだし、いつか大きな変化の流れみたいのがきて、その流れをつくるのは俺かもしれないしお前かもしれないし、とにかく今ここにないような、これまでなかったような大きな流れを起こして、お前はそれにのっかった時に、一瞬でも、ここまで、すがりついてよかったって思ってくれたらいい。結局こんなもんじゃ幸せになれないとか、もっといい生き方があるとか、いろんなことを考えて納得なんてしないんだろうけど、一瞬でいいから」

いいわけないだろ。

いいわけない。

「生きて、詩を書いててよかったって」

ああ、朦朧とする。吐き気がする。黙ってくれないか。消えてくれないか。僕の目の前から。記憶から。

後悔ばかりを想起させる、あの。

教室の片隅の夕暮れ。

あのまま僕らが何も知らず大人にもならなかったら。傷つくことも失うことも、きっとなかった。

けれど棗は僕の呪いや怨嗟《えんさ》なんてどこ吹く風で、詠《うた》うように言うのだ。

「俺はお前にそう思って欲しいんだ。そういう風に報われて欲しいし、そういう報われ方をするようにするのが俺の仕事だって思ってる」

今はまだひよっこだけどな、と笑う。笑うなと、心の中で僕は棗を切り刻んで、殺す。僕のことを嫌いにならせる、シミュレーションをする。

僕は、そうじゃない。

僕の仕事は、棗を幸せにすることなんかじゃない。

お前の仕事なんて知ったことか。

自己実現と充足感のために、僕をいけにえにするのはもうやめろ。

「……ほっといてくれ」

脂汗を浮かべて、激しい動悸に耳の奥を殴られながら、必死になって、振り絞るみたいにして言う。

「お前の言ってることは違う」

正しいことはひとつもない。間違っていることばかりだ。僕に期待することも、盲目的に僕の詩を肯定して愛することも。

お前自身のためなだけで。

「そうじゃない」

そうじゃないんだ。

僕がどうにか吐くように言った言葉に、棗はまた、笑った。慈愛のような笑みだった。僕はもう、目をぎゅっとつむって、その笑顔を見ないようにした。

「……そればっかだな。草間は」

その言葉を、聞かないようにした。

僕は耐えられなくなって、立ち上がって、力任せにコーラのペットボトルを川に投げた。半分以上残っていたコーラのボトルは、ぼちゃんと間の抜けた音を立てて、夏場で水の少ない川底へ沈む。

「あーあ」

苦笑して棗が言う。

「悪いコトすんなよ。環境汚染だぜ」

お前のやっていることは、僕の精神の汚染だと、言えたらよかった。癇癪《かんしゃく》を起こしてお前に嫌われたかったし、僕はもうずいぶん長い間お前が嫌いだ。

本当に投げてしまいたいのは、ペットボトルでもなければコーラでもない。お前自身だ。

ずっとそう言ってやりたいけれど、僕はそもそも人と縁をつなぐ方法を知らないから、逆に、それを切る方法も到底思いつかないのだ。

ふと、棗が何かに気づいて顔を上げる仕草をした。

棗のポケットの中で電話が鳴っていた。一瞬ちょっと顔をしかめて、鞄を開けようとし、

「ちょっと持ってて」

僕に蓋の開いたペットボトルを押しつけた。反射的に、受け取ってしまう。

電話を肩に挟んで四角い鞄の中から何を出すのかと思ったら、薄っぺらい端末だった。タブレットPC。見たことはあるけれど、使ったことはない。ペンだこのある右手をすべらせて、起動させた。

僕は途方に暮れる。帰ってしまいたい、と思う。別に、いてやる義理なんてないのだ。喋る筋合いもない。

でも、受け取ってしまった、ぬるくなったペットボトルが。

僕を杭のようにそこにとどめる。どうしていいか、わからなくさせる。

僕は意識を集中させた。棗が、聞こえよがしに仕事の話をするのが、聞くに堪えなかったから。ジャミングをかけた。思考の中で。

けれど完全に遮断することは出来なくて、ハイという返事とか、確認しますとか、大丈夫ですなるはやでとか、そういう薄っぺらい言葉を並べて、棗は無駄話をすることも、今は帰省中だと言うこともなく電話を切った。

「仕事」

悪臭ただよう話の続きを、されるのが嫌で、僕は立ち上がってペットボトルを押しつけるように返した。

「持ってかえって、んの」

聞きたいわけじゃ、なかったけれど。

忙しいなら、棗が忙しいならそれが充分帰る理由になると思った。

棗は形だけは無駄におしゃれな液晶画面に、片手をすべらせながら「ああ」と返事をする。

「大体片付けてきたけど、急ぎのものが入らないとは限らないから。どこでだってやれるのが技術進化とグローバルネットワークの恩恵だよ」

肩をすくめて、棗が笑う。

「あっちでも、デスクにいる時間の方が短いくらいだ」

僕は棗の社会人らしい言葉に、すうっと心が冷めるのを感じる。呼吸が途端に楽になったのがわかった。遠ざかり、を実感するからだろうか。僕とお前の距離。そして、かつて一緒にいた頃からの、距離が——

隔《へだ》たって、薄くなって、いつか見えなくなることを予感させるから。

僕は少し、視界がはっきりしてくる。

「すっかり、仕事人間だな」

これまでで一番、世間話のように声を出すことが出来た。普通の、久々に会った、昔は友達だったような人間みたいに。

だって僕に会いに来たという棗は肩に、僕とは関係のない仕事をさげてきたのだ。それは彼の中で、僕との対話が、さほど重要ではないのだということをまざまざと見せつけてくる。それで構わない。

望むところだ。どこにでも行ってしまえばいい。ひとりで。明るい場所へ。

「おう」

僕の安堵《あんど》と虚脱など構わずに、棗は一切の変化もなく、簡単に頷いてみせる。その目は、画面をずっと眺めている。こっちを見ない、そのことが、油断を引き起こした。

「ところで、一度こっちに来ないか?」

棗が僕に聞いた。こっち、とは、どこのことだかわからなかった。それはそのまま顔に出たようだった。

「東京。観光とかのついでいいんだけど。会わせたい相手がいるんだ。仕事で知り合ったんだけど、詩も書いてて、草間の詩にも興味があって——」

血が、下がるのがわかった。

熱ではない。熱いわけじゃない。汗が、背中を流れていった。口を開いていた。

「嫌だ」

言おうと思って言ったわけではなかった。咄嗟《とっさ》だった。だから、なんの感情もこもっていないような声が出た。

すげかわる、と思った。

すげかわる、のだきっと。いつか夕暮れの教室で、お前が僕を一番にしたように、いつかどこかでお前は、誰かに一番を与えて。

今度はその場に僕を、居合わせさせようというのか。

「僕はもう、書かない」

呟き込むように僕は言った。

「詩はもう書かない」

生まれてはじめて、そんなことを言った。真実なのか、その場しのぎの嘘なのかは、自分でもわからなかった。そう言いたいんじゃなかった。詩はもう書かない。それを理由にして。

「だから、お前とも、もう会わない」

僕ははっきりと、別れを告げた。

「二度と、来るな。顔を見せるな。電話もするな。僕の生活をかき乱すな！」

声を荒らげ、吐き捨てた。答えは聞かなかった。

もっと叫びたかった。わめきたかった。でも、声が、出ない。息の仕方も忘れた。僕が一番だという棗。僕の詩が好きだという棗。

そうじゃない。

そうじゃないんだろう！

ずっと思っていたことだった。僕の詩を崇拝するな。信仰するな。価値をつけるな。自己のために使うな。お前のものじゃない。いつか踏み台にして、なかったことにするくせに。否、そうじゃなかったとしても。

誰のものでもない。

ない、何も。そうじゃ、ない。

「……帰る」

真っ暗になった視界の中で、それだけを言った。

暑い。僕は帰る。

僕は帰る。お前のいない部屋に。クーラーが効いて三日月《みかづき》が寝息を立てる部屋に。僕が息をするのは、そこだけでいい。息なんて止まってしまってもいい。

僕には考えることがある。

こんなところで、油を売ってる場合じゃないんだ。

解き明かすべき、動機が、命題が。なんのためかは……わからないけれど。

振り切るように、きびすを返して、歩き出す、その背中を、追ってくるわけでもないのに、声だけが投げつけられた。

「生きろよ、草間」

呪いみたいな言葉だと思った。悪い悪い、白昼夢みたいだ。詩人の墓穴を掘り返し、その詩を検分することに大半の心を割く、浅ましい僕に。

棗は言った。

「生きて書け。それだけで、お前の勝ちだ」

そうじゃない、と僕はやはり、繰り返す。たとえお前の言葉が、真実に近く、こうなれたらという理想に近かったとしても。そして僕の欲求に、限りなく近いものだとしたって。

敗者の骸《むくろ》を踏みつけるような、そんな勝利は、僕はいらない。

陽の光、をたまにあびると、体内で何かが生成された感覚がして、でも多分、それは僕が生きていくのには不要な物質で、紫外線から逃れた瞬間ひどい疲労に襲われる。

冷んやりしたベッドに寝転んで、浅い息をつく。不穏な光が点滅する瞼《まぶた》の奥で、僕は考える。生きている、無責任な、暴力的な棗の言葉から逃げるために、死した人のことで思考をいっぱいにする。

死なない僕が、死に近づいて。死んだ人の詩に近づく、そのために。

ぐらぐらする思考で、星子さんのことを思った。たとえば彼女を、あの古いビルに連れて行って、タイミングさえあえばあの会社の男性に会わせることだって出来るかもしれない。それで、中も見せてもらって……それで、彼女の作文は完成するだろうか、と僕は懸念している。彼女の中にあった、残された言葉、と、体感に隔たりがあったら、それは——

きちんと言語化して消化され得ることだろうか。なぜか、こんな段階に、こんな状況に、彼女の夏休みの宿題ばかりが気になってしまう。彼女のまだ細く小さいであろう指から、生まれてくる言葉について。多分それは、彼女の幸福や将来とは、まったく関わりないものなのだろうけども。

ルーツなんて、知らなくていいと、思う。ただ、君が。

書きたい物を書ける世界を、獲得して欲しい。

そんなことを思いながら、僕はいつの間にか眠っていた。張り付くような喉の渇きとともに、ポケットに入れた携帯の震えで目をさました。

夢も見ずに眠っていたのに、悪夢を見ていたような気持ちになった。フラッシュバック。切ろう、と僕は思う。切って、着信拒否を。アドレス帳からあいつの名前を消して、それで今生の別れにしよう。そう思いながらサブディスプレイを覗いたら、見覚えのない電話番号。

はい、とかすれた声で出たら。

〈探偵くんか?〉

そう呼ばれて、一気に覚醒《かくせい》した。誰かは、一瞬わからなかった。ただ、僕を探偵くんと呼ぶその呼び名が、今の僕を支えて、存在を確かにするようだった。「はい」ともう一度答えたら、〈近藤です。いきなり悪い。今、大丈夫か?〉と早口で尋ねられた。

僕は枕元にある目覚まし時計を確認した。十九時を過ぎていた。教員の仕事が何時までなのかはわからないけれど、もしかしたら学校からかけてきたのかもしれない。職場めいた騒々しさが電話の向こうにあった。

〈新聞を見たか?〉

近藤さんは挨拶もそぞろに、急き込むようにそんなことを言った。僕は顔を歪めて、「見てません」と答えた。

〈ああ、ああそっか〉

近藤さんは地方新聞の名前を言って、今日の夕刊だと言った。地方新聞としてはマジョリティであるその新聞は、家にも届いているはずだった。目を、通す習慣はなかったが。

「あると……思いますけど」

けげんな気持ちのままでそう答えた。新聞を見ろ、というのは、なんだか嫌な符号だと思った。

地方新聞の存在意義は、その大半が訃報欄だと、親も言っていたから。

〈今家なら、持ってきて確認してみてくれ、……ああそうだ、その前に。加藤さんの家には行ったのか？〉

一方的な指示を出すうえに、質問を重ねるのはあんまりに勝手だなと思うけれど、電話がかかってきたからには言おうと思っていた。僕が遠野さんの奥さんに拒絶されたことは、さぞかし彼の思い通りだったことだろう。

「行きました」

奥さんとは話せなかったけれど、ということを、どんな風に言っていいのかわからず僕はそれだけ答える。近藤さんはけれどそこに突っ込むことはせずに、

〈娘さんとは会ったか？〉

そう尋ねてきたから、僕は眉を寄せた。

「会いましたけど……」

まさか、あの子が？

嫌な予感に血が下がった。嘘だあの子は健康だったはずだ普通だったはずだ正常だったはずだ。だったら、なんで。

〈新聞を持ってきてくれ。彼女が載ってるんだ〉

冷えていく僕の心とは裏腹に、近藤さんの声には熱があった。軽い興奮を耳に感じた。それが僕をまた、余計に混乱させるのだけれど。続く言葉に、僕は絶句した。

〈今日の詩の欄を見てくれ〉

心臓が止まるかと思った。その段に至ってようやく、近藤さんが何をこんなに興奮しているのかわかった。彼女の死なんかじゃなかった。

〈載ってるんだ。星子ちゃんの詩が〉

敗北と勝利。死と詩。少女と父親。

生きろよと、僕に囁く、吐き気がするような幻聴を聞いた気がした。

新聞の、本当になんということのない欄だった。僕はそれが、毎日あるものなのか、毎週あるものなのかも知らなかった。

今日の詩、と書かれた小さな枠に、小学校名と学年に続いて、加藤星子の名前。それから、海水浴の帰りに食べたグミの詩が書かれていた。特別な技巧は凝らされていなかった。素直な、子供らしい詩だった。授業の一環で書いたものかもしれないと、近藤さんは興奮したまま僕にまくしたてた。彼女にはそのつもりもないだろうし、無自覚かもしれない。でもこれはすごいことだと言った。

すごい、ことなのかもしれないと僕も思った。

すごい……なんなのかはわからない。すごく不幸なことかもしれないしすごく悲しいことかもしれない。わからない。興奮の第一波が去ると、〈なんでこれを、見られなかったんだろうな遠野さんは〉と近藤さんはぽつりと言った。

　僕は答えられなかった。

〈覚えているかな。いや、あの頃はもう探偵くんはあんまりログインしていなかったかもしれないな。遠野さんは、子供が出来たのがわかった時に、すごく悔しがったんだ〉

『本当は、子供が大きくなる前に、教科書に詩を載せたかった』

　そう、遠野さんは書いていたらしい。それは、もう無理だと悟ったということなのだろうか。それとも、それからそうあるべきとやっきになったのか。僕にはわからない、が、彼は詩を捨てていなかったのかもしれないと思った。

　詩を捨てていなかったのかもしれない。でも、だからといって、命を捨てたら、なんにもならないじゃないかと。思ったけれど口には出来なかった。

　近藤さんも電話口で、憤っているようだった。

〈なんで、今になってこんな風に。こんなことに。いや、もう何を言ったって仕方がないんだ。どうしようもない。わかってる、わかってるよ〉

　やりきれなさをぶつけるように、近藤さんは言った。

「……近藤さん、星子さんは」

　僕は尋ねる。お父さんが、詩を書いていたことを、知っているでしょうか、と。自殺をしたことは知らないとしても、職業は知らないとしても、せめて。

〈知らないよ〉

近藤さんはいっそ冷たい声で言った。

〈教える必要もなかったから〉

全部燃やした、と彼は言った。

〈彼はほとんどデータに自分の詩を残さなかったからな。スケッチブックは彼の棺の中に入れたよ〉

スケッチブック？　と僕は尋ねる。

〈忘れたか？〉

僕の忘却に呆れたように、けれどそれもしょうがないというように近藤さんは笑った。

〈遠野さんはいつもタロットカードとスケッチブックを持っていただろう？　詩を書くのはマルマンのスケッチブック。彼の謎かけみたいな詩は、それに添えてある絵も大事なヒントだった。覚えてないかい？　あの《C》の詩には、コスモスの絵が描いてあったじゃないか〉

全部灰になったけど、と言う。燃やしてしまえと言ったのは僕だ。彼女は耐えられないだろうから、と。

耐えられない。それは加藤さんのことなのだろう。帰ってくれ、と言った彼女を思い出す。もう遠野さんの話は聞きたくないと言った、彼女のことを。

僕は、言葉を失った。

何も言えなかったし、何も考えられなかった。他人のことは、わからない。他人の家族のことや、その心なんて、わかるわけがない。

ただ、地獄みたいな、現世だってある。それだけが、わかった。

そして僕は、考える。生きているということ。生き残っているということ。それを果たすということ。問いに答えるということ。

星子さんのことを思う。多分彼女に僕はいらない。僕の思いも、僕の考えも。僕の知識も。僕の……詩も。

でも僕は、もう一度行きたいと近藤さんに言った。

もう一度、星子さんに会いたい、と。

〈……勧めないよ〉

近藤さんは、電話越しでもわかるような苦い口調で、興奮の一切を奥歯で砕くようにして、それこそ叱りつける教師のように言う。

〈いたずらに、残された人を傷つけるものじゃない。それが君の仕事じゃあないだろう？　探偵くん〉

でも、僕は約束をしたんです。

星子さんに、答えを。

近藤さんは、突然の騒がしい電話だったと謝り、けしかけるような形になったなら謝る、と言いながら。

結局最後まで、許してはくれなかった。

けれど僕も、諦めるわけにはいかない、そういうことだってあるのだ。

前日に降った雨の影響だろう。気温は下がり、刺すような日差しはなかったが、ひどい湿度で不快指数も高く、粘度の高い液体に絡め取られているようだった。

僕は昼過ぎ、三日前に訪れた時よりも少し早くバスを降り、加藤家ではなく星子さんに声をかけられた公園に向かった。

星子さんが来てくれなかったらそれまでだという思いもあった。今日は、待てる限り待つつもりだ。僕は湿ったベンチに座って、重い頭を下げていた。

膝の上には、彼女の詩が載った、新聞を置いていた。

「お兄ちゃん」

一時間も待ってはいなかったと思う。声がした。顔を上げる。前と同じように、髪をひとつに結んだ星子さんがいて。

その隣に、暗く厳しい顔をした、加藤さんがいた。

彼女の顔を見た時に、近藤さんの苦い声が蘇《よみがえ》った。

彼は、もしかしたら言った、のかもしれない。近藤さんから、加藤さんに連絡する術はあったはずだ。それを、アンフェアだと、言うつもりもない。

ただ、星子さんが僕なんかの相手をして、約束をしてしまったことで。

二人暮らしの母親から、怒られてはいないだろうかということが気になった。

加藤さんはこけた頬の、能面のような顔で僕を見下ろしている。

「帰って下さいって、言ったはずです」

震える声で、そう言った。星子さんがその隣で心配そうに見上げた。

「ママ、星子が」

「あんたは黙ってなさい」

星子さんは何かを言い訳しようとした。もしかしたら僕を庇《かば》おうとしたのかもしれない。僕は申し訳なくなった。僕のために、星子さんが、親から叱られて、居心地の悪い思いをしたのだとしたら。

「星子さんは悪くないです」

「帰って下さい」

僕の言葉を、加藤さんはもう聞いていなかった。対話はなかった。

「二度と来ないで。私とこの子の前に現れないで」

ブーメランのようだ、と僕は思う。

二度と来るなと。

連絡もするなと。

それはつい先日、僕が発した言葉だった。呪いのように、念じながら僕はそう言った。そういう僕なのだから、言われたならば従わねばならない。そうでなければ、自分の言葉も多分、効力を持てない。

「帰ります」

僕は本当は、帰りたくはなかった。教えて欲しかった。対話をしたかった。知りたかった。遠野さんが、こんなに愛していたであろう人達を残して死んだ理由を。その、動機を。

でも、と心の中で思う。でも、もしかしたら、それは本当に踏み込んではならないことなのかもしれない。加藤さんは、本当は知っているのだろう。本当のことを知っているのだろう。彼女が知っているなら、それでいい、のかどうかはわからない。

わからないけれど、でも。

僕は、時間をかけて彼女達から話を聞き出すことよりも、今、星子さんと話すことを選んだ。過去ではなく、未来のために。

「そして、もう、来ません。でも、最後に星子さんに渡したいものがあるんです」

僕は歩をすすめて、二人に歩み寄った。加藤さんは僕の手元、新聞と重ねておいた、それを見て、顔を歪め、

「どうして」

小さな声で、呟いた。

「星子さん」

僕は少女の名前を呼んで、差し出した。

「これが、お父さんの仕事場だ」

僕が差し出したのは、一冊のスケッチブックだった。近藤さんから聞いた、遠野さんがいつ

も持っていたものと同じもの。スケッチブックとしては、ひどく一般的なものだった。

「お屋根は丸くて」

リング部分をなぞり、

「中は白」

開いた中身に文字はない。

「外の壁は緑と黄色」

表紙は緑と黄色で区切られたデザインで。

「入り口と出口が一緒だから、間違えちゃいけない」

裏表紙も、同じデザインだから。どちらから書くかは、君次第で。

「……いつでも、行ける？」

星子さんが小さく尋ねる。

「いつでも、どこでも」

僕はそう答える。手を、離す。

仕事はどこでも出来る、と言ったのは、ワーカホリックなところのある僕のうるさい古馴染《ふるなじ》みだ。

遠野さんの職業は詩人ではなかったかもしれない。けれど彼の中で、生業《なりわい》は間違いなく、詩作だけだった。だからそんな、謎かけみたいな言い方をしたのだと思った。

それでも、僕が知っている、《C》の詩を。

君に贈ることはしないと心の中で僕は思う。

だって、きっと、僕の手では、彼の描いたコスモスは再現出来ないだろうから。

「……やめて」

震える声で、小さく言ったのは、加藤さんだった。青白い顔で、唇を震わせて。加藤さんはもっと決定的な拒絶のやり方を探っているようだった。

僕は顔を上げ、言葉を振り絞るように、言った。

「お母さん、の、お気持ちはわかります。憤りも、もっともだと思います。貴方《あなた》に、遠野さんのスケッチブックを燃やす権利はあった、と、僕は、他人事だけど、思います」

人が、人を、失うということは。

傷つくことだ。悲しいことだ。やりきれないことだ。ましてやそれが、一時でも家族であった相手であれば尚更だし。

最も愛する者がさみしいまま残されるのだとしたら、殊更《ことさら》だ。

そして、燃やさねばならないと、思うほど、彼女が詩を憎んでいたのなら、それもまたひとつの答えであるような気がする。

詩が、彼を殺した。

その不確かな証明のひとつ。だとしても。

「でも、これから、星子さんに渡した白いスケッチブックを、とりあげることはしないであげて下さい」

彼女が持っているのは、持つべきものは白紙のスケッチブックだと思う。何が残されたか、ということと、同じくらい、もしかしたらそれ以上に大切なことに——これから彼女自身が何を残すか、ということが、あるのではないか。

「お願いします」

僕はそうして、頭を下げる。後頭部に刃を振り下ろすように、加藤さんの言葉が落ちた。

「貴方に何がわかるの」

泣いているような声だと思った。

大人が、泣くのは。子供が泣くよりも、ずっとずっとものがなしくて。

「これみよがしにその新聞を持ってきて、あなたもこの子が、やっぱりあの人の子供だったって言いたいの」

吐き捨てるように言われた言葉に、僕は顔を上げる。僕の手の中には、細く畳まれた新聞があった。

「私だって誉めてあげたいわ。あの子の、詩を、誉めてあげたい」

蟬の鳴く公園の片隅で、彼女の泣き声と、子供達のサッカーをする音があまりに不釣り合いだった。

誉めてあげたい。それは悲痛な言葉だと思った。娘の詩が新聞に載った時に、彼女は一体どんな思いに駆られたのだろう。何を思い出したのだろう。

希望ではなく、絶望に近しいものであったということだけは、わかる。娘の誉《ほま》れを、出来ることなら手放しで誉めてあげたい。

「でも、私は、まだ、許せない。許してあげることなんて出来ない。自分勝手な、あの人を」

震える声で、加藤さんが言った。

「ねえ、やだよ！」

そう、声を上げたのは。僕らの間に立っていた星子さんだ。スケッチブックは持ったままで、それでも、僕と加藤さんに割り込むようにして、

「ママをいじめないで」

そう、告げる。彼女の勇ましさに、優しさに、僕は目を、細める。

「ごめんね」

謝ったのは、口だけのことではなかった。自分はここに来るべきではなかったと、何もするべきではなかったと、いたずらに傷つけるだけの愚かな行為だったと、近藤さんの言った通りだと、わかっている。

「すみません、ごめん」

それでも僕は、見てしまう。覗いてしまう。透けて、見てしまう。星子さん。たとえば、君の、血の中に。

流れる詩が、あることを。

君には詩人の父親が、いたことを。

覚えていなくてもいい。意識なんてしなくていい。それ自体は何も君に作用はしない。僕に

何も作用がないように。けれど。

君には詩がある。何も救わないし君も救わないし、何も生まないし苦しいだけかもしれない。けれど。

君の生きる道には、ほんの一瞬、微量かもしれないけれど、詩があって、これからもあるということを。

――どうか、忘れないで欲しいんだ。

それから僕は結局、最後まで、加藤さんを晴れやかな顔には出来なかったし、満足な対話も出来なかった。無力だった。

星子さんもまた、僕よりもママを庇おうと必死だった。僕らの間にあったはずの、同族意識は、いとも簡単に覆《くつがえ》ってしまった。

僕は、来るべきではなかった。何も得られなかったし、傷つけただけだった。

けれど、最後に別れる、星子さんの手には。

白紙のままの、スケッチブック。

そこに、いつか、詩が書かれる日がくることを。僕は、望んでもいるし、一方で、確かに、おそれてもいる。

詩を書きたくて詩人になった人間なんていない。そして僕は、詩を書いて幸せになった人間になんて会ったことがない。知らないでいられるのならば、知らない方がいいし、書かないでいられるのならば、書かない方がいい。誰も幸せにしない。それは、自分さえ。さらに、そのスケッチブックこそが、星子さんから大切な家族を奪ったのかもしれない。
それでも、いつか、もしかしたら。
君の詩は、教科書に載るのかもしれない。
(だとしたら)
遠野さん、貴方はやっぱり、死ぬべきではなかったのかもしれないし。
死んでいてよかったのかもしれないと、ひどいことを、僕は思った。

第三章

たのしいうたをうたってよ

夏　炭

たのしいうたをうたってよキリギリス
きみの陽気なバイオリン
おひさまみたいなメロディラインで
しあわせなうたをうたってよキリギリス
ふりつもるはホワイトスノウ
凍えるような季節だけれど
愛とか恋とか　とびきり情熱的なナンバーの
きみだけのうたをきかせてよ。
はたらくことはぼくらにまかせて
女王様の退屈を慰めておくれ。

たのしいうたをうたってよキリギリス
夏めいた明るいサンシャイン
華麗なステップでダンスして
しあわせなうたをうたってよキリギリス
気づけばあらゆるものが眠りにつくシーズン
愛の果てにきみは　もういいよ　と目を閉じる。
今宵はきみのはらわたで
腕をふるってディナーをするよ。
涙を見えないスパイスにして
ぼくらの最後のディナーをするよ。

僕は、敗北を感じていた。

虚無感とともに脱力と無力が指の先まで満ちて、ゆっくりと体内が腐っていくようだった。

いつものメンバーの集まりに向かいながらも、その足取りは重く、このまま行かないという選択さえ考えた。

それが、遠野《とおの》さんの家族に拒絶されたからだったのか、彼の死についてなんの答えも得られなかったからなのか、それとも呪いのように星子《ほしこ》さんにスケッチブックを渡してしまったからなのか、またあるいはもう詩は書かないと宣言したことが僕自身の何かを殺したのか。もう何もわからなくなっていた。すべて、だったのかもしれない。

もう詩は書かない。

それならば、もういいのだ。なんだっていい。書かない生き方が出来るのならそれでいいと、星子さんだって僕だってそれでいいと思った。それがいい。書かない、生き方。詩を、忘れて。もっとまっとうに生きて。それが出来るのならば、最初から僕は、ここにはいない。

そんなことを考えながら、ファミレスの重い扉を開けた。それでも座席に座ってメンバー全員が集まり口を開くまでは、別れの言葉の方を多くシミュレートしていたのだ。今、別れておけば。やっかいなすべてとも、全部縁を切ってしまえるかもしれないと、狡《ずる》いことも思って。そのシミュレートをしながら、出来る限り僕は疲労をにじませながら遠野さんのこと、奥さんのこと、星子さんのことを話した。

ゆっくりと沈黙が僕らを包んだ。そして僕は、その後に、誰かがもうやめようと言うのを待った。もうやめろと、お前はもう無意味だと。そう説得してくれたなら、どんなによかっただろうと思った。

自分のことさえ他人まかせにして、思考の迷路の中、巡礼のようにめぐっていたら、唐突に切り出したのはビオコさんだった。

「そうだ」

彼女は携帯電話を取り出しながら口を開く。

「夏炭《かずみ》くんの恋人だった女性に連絡をしてみたら、返事があったわ」

夏炭、という名前が脳裏に浮かび、同時に駆け抜けていった、涼やかな詩があった。おとぎ話のような、うたのような詩だった。

実際夏炭さんという若い詩人は、歌詞を書くことも好きだと、そのプロフィールに書いていた。

そうか、彼も死んだのか、と、自分の頭の中にある詩と、その結末がつながって、暗澹《あんたん》たる気持ちになった。

「探偵くんの話をしたら、是非、会ってみたいって。今日呼んでしまおうかとも考えたんだけど、どんな話になるかわからなかったし……彼女が傷つくことになるかもしれないと思って」

そしてビオコさんは僕に、メールを転送しようとした。僕がポケットから携帯を出そうとまごついている間に。

「いいのか？」

鋭い声でそう言ったのは、近藤《こんどう》さんだ。彼は一貫して、僕の行為に難色を示していた。それは今でも変わらなかった。ただ、僕の強情さに呆れているようだったし、すでにどこか諦めているようでもあった。

「でも」

ビオコさんは取り合わなかった。そして僕を盾にするみたいにして言った。

「彼女が会いたいって言ってるのよ。止めることなんて出来ないんじゃない？」

なんだか責任をなすりつけるような言葉だと思った。もちろん、責任は、僕自身にあるから。なすりつけてもらうまでもなく、それ、は僕のものなのだけれど。

責任ではなく権利の話で、あるとしたら。止める権利なんて誰もないし、一方で、勧める大義も、ないはずなのだけれど。

「教育に悪すぎる」

呆れたように近藤さんが言う。その言葉に笑ったのは舵《かじ》さんだった。

「教育脳だ」

喧嘩《けんか》腰にそんな風に笑って、僕の方を見て言った。

「もうそんな子供じゃねえよ、なぁ」

僕は曖昧《あいまい》に笑うことで答えた。笑えていたのかはわからないけれど。子供じゃないってどういうことだろうと口には出さず考える。十年の月日は、僕を子供から大人へ変えただろうか。成長から衰退へとターンを決めた、その時点で僕は子供ではなく大人なのか。

慣れることは出来ても馴染《なじ》むことは出来ないこの輪の中で、僕はまだ、未熟な子供のままであるような気もした。

夏炭さん、という人は、十年前の当時、「僕」の次に若かったはずだった。高校を卒業して、大学には行っていない、とプロフィールには書かれていた。ほっそりとした自分の横顔をアイコンにしていた。持病があり、自宅で療養中だと。

気がつけば、僕は自然と口を開いていた。

「夏炭さんは……何で、亡くなられたんですか？」

僕の問いかけにビオコさんが答える。自殺だと、それは知っている。けれど、どんな、死に際だったのかと聞いた。

「わからない。最後は病院に入っていたとは言ってたけど……。身体の丈夫な子じゃなかったのよ。覚えてる？　十年前も、ガリガリに痩《や》せてて……」

「ああ。でも、口を開くと明るかったけどな」

言葉をつないだのは舵さんだった。皮肉屋な側面の強い彼だが、情に厚いのだろうといつも思う。死した人を思い出す彼は、どこかものさびしく穏やかな顔をしている。

「わたしは夏炭くんの、彼女さんから連絡をうけたの。もう葬儀も終わったあとで……どうしようもなかったけど」

「個人的に、その女性と交流があったんですか？」

「メールだけ」

ビオコさんはため息とともに言った。

「彼女さんともね、本当はしばらく途切れていたの。最後のメールには、こんなことが書いてあったのよ」

そこで一呼吸置いて、思わせぶりに低い声でビオコさんは言った。

「——彼は、自殺じゃなかったかもしれない、って」

僕は知らず知らず、唾を飲み込んでいた。自殺ではなかったとするなら、なんだろう。事故？　病気？　それとも。「探偵」という僕の呼び名が暗く囁く。囁きにぐらりと心が傾き、気持ちが高揚するのは不謹慎だとわかっている。それはただの悪趣味だ。僕が彼らの死を掘り返す理由が、好奇心以外のなにものでもないとしても。

それでも、尊重《そんちょう》はしたい。特別な理由はないし、手段があるわけでもない。ただ、それだけしか出来ないから。

「僕は」

行きます、とも行こう、ともつかない言葉を告げた。

今度は誰も反対はしなかった。自殺ではないという言葉に興味をひかれてしまった誰もが、一抹の疚《やま》しさを抱えたに違いない。

そして、黙ってしまったメンバーの中で、ビオコさんは手元の携帯を見下ろして。

「わたし、好きだったわ、彼の詩」

前後の脈絡なく、そんなことを言った。

その言葉が、あまりにやわらかくて甘かったから。僕はつい萎縮《いしゆく》した思考を手放して、考えてしまう。夢想してしまう。

甘い夢を、見てしまう。

僕が、いつか、死んだ時に。

好きだったと誰かに言われるような、ありもしない夢のこと。

たったそれだけのことが叶うのならば、死んでしまってもいいような気がしてしまうのは、本当に、罪深いことだってわかってはいるのに。

メールは得意じゃない。もちろんそれ以外のありとあらゆるコミュニケーションが、得意ではないのだけれど。

苦労をして組み立てた言葉足らずなメールを送ったら、饒舌《じようぜつ》なほど長文なメールが、携帯に返ってきた。

希砂、と署名をしてきた女性と待ち合わせたのは、繁華街のファッションビル、その一階にあるコーヒーショップだった。

「こんにちは」

土曜日の午後。Tシャツに七分丈のズボンを穿《は》いて、ふわふわした短い髪の、小柄な女性が現れた。

僕よりも五つか六つ年上のはずだったけれど、同い歳くらいに見えた。女性の年齢はてんでわからないのだった。「きすなです」と名乗った言葉に、瞬《まばた》きをして口を開けた。眺めていた携帯の画面に目を落としたら、それだけで意図《いと》をくみ取ったように早口で希砂さんは告げた。

「きさじゃないです。きすなって読むんです。砂を訓読みにして」

珍しいですよねと希砂さんは笑った。空気を読むコミュニケーション能力の高さを見せつけられているようだった。いい名前だと思う、と思ったけれど、僕はそれを口に出す能力値の高さを持ち合わせてはいなかったし、特に、その良さの根拠を語る理由はなかった。

「探偵くんですよね」

僕は名乗らなかった。メールでさえ。ビオコさんの紹介の者ですと、他人行儀な言い方で。なんと名乗ったらいいのかわからなかった。希砂さんは、ビオコさんから話を聞いているのかと思ったけれど、

「かーくんから聞いてたんです。もうほんと、それこそ昔のことだけど。オフ会に行ったら、年下の男の子がいた、って。珍しかったって。あたしもそれ覚えてて、ビオコさんから聞いた時懐かしいなって思ってたんです。勝手に」

メールと同じように饒舌な人だった。すでにカウンターから受け取り済みだった、フローズンの甘いコーヒードリンクをぐるぐるとかきまわしながら。

「かーくんは」

そう言ってから、勝手に気づいたように、形の綺麗な細い眉毛を上げて言った。

「あ、かーくんって呼んでるんです。夏炭って名前、あたしがつけてあげたんですよ。学校の保健室でね。夏の炭。カタンって最初に読んだら、それはちょっと恥ずかしいって。だからカズミにしたの」

同級生、ないし、それに近い学校での出会いだったことが窺われた。その時僕が思ったのは、「夏炭さん」はすでに、保健室に出入りする年代で、ペンを持って詩を書いていたということだった。そうじゃなければ、目の前に座る彼女が、名付け親になんてなるはずがなかった。

そのまま鳥のように自由に囀《さえず》る姿を、僕はひとまず眺めることにした。

「自己紹介遅れてすみません。あたし、かーくんの恋人でした。高校の時につきあい始めて、それからずっと。かーくんが死んだのは二十五の時で……探偵くんは、おいくつですか？」

「……二十、五です」

「同じ歳ですね。偶然、って言っていいのかな、これ。だって二十五って歳は誰にだってきますもんね」

自分で言ったのを、無理矢理明るく笑って、それから鞄から小さな写真を出した。

「これ、一番最後に撮った写真なんですよ」

そこに写っていた二人のうちひとりは、目の前の希砂さんだろう。まだ髪の長い彼女がVサインする隣で、穏やかな表情をしている髪の短い、痩せぎすの人がベッドにいた。十年という月日が、彼にどういう変化をもたらしたのかは、僕にはわからなかった。

写真の隅には不思議な影がかかっていた。希砂さんは「これね」と笑って話を続けた。

「あたし達が付き合って十年の記念日で。ケーキを買っていったんです。それで、写真を撮ろうとしたら、隣のベッドのおばあちゃんが撮ってくれたんですけど、指が写り込んじゃって」

でも、気に入っているんです、と希砂さんが笑みを深めた。

付き合って十年の記念日。誕生日でもクリスマスでもなく、二人だけの特別な日の写真が、最後に撮った写真になったのか。

思い出をゆっくりと掘り返すように、希砂さんが話す。

「かーくんは元々、それこそ学生時代からすごく身体の弱い人でした。食も細いし、食べても太らないタイプっているじゃないですか、それで。あたしいつも羨ましいなって思ってました」

穏やかな横顔の脳裏に浮かんでいるのは、亡くなった時のことだろうか。それとも生きている時のことか。もっと昔の、青春時代だろうか。

彼を心から好きだったのだろうと、そういう、ありきたりなことだけが伝わり、騒々しい店内で、僕の居心地を悪くさせた。

「……亡くなった時のこと、教えてもらえますか」

唐突に、その言葉で、喧噪《けんそう》を割った。

あたりがしんと静かになった気がした。そんなのはただの、錯覚なのだけれど。希砂さんの声のトーンが変わったせいかもしれなかった。

「……飛び降り、でした。病院の、非常階段から……。ちょっとおかしかったんじゃないかって思うんです。すごい、薬もたくさん飲んでて……眠くなるやつとか、目眩《めまい》するやつ、たくさんあったはずなんです」

だから、心神を喪失していて。何かのはずみで柵をのりこえたのかもしれないと希砂さんは言った。病院の非常階段の途中で、防げなかったのは病院側の怠慢《たいまん》だと。

自殺じゃなかったかもしれない、という言葉を僕は考える。止めるべき人が止めなかった死、は、殺人だろうか。

そうは思わないけれど、それでも残された人が恨み言を重ねて。でも、話すことで晴れる心があるのならば、聞いてあげたいと思った。自分のためではなく、彼女のためにも。話したくもないと、言われない限りは。

「……薬っていうのは」

促した僕の言葉に返事は素早い。

「心もね、強くなかった人です。詩を書く人なんてみんなそうでしょ」

断定的にそう言ってから、即座にはっとした。

「ごめんなさい」

慌てて青い顔をして言った。僕はなんて答えたらいいのかわからなかった。ひどい言いざまだとも思ったし、貴方《あなた》がそんな言い方をするんじゃ、夏炭さんだって死んでも仕方がないよねという切り返しも頭を駆け抜けていった。

でも、言わなかった。希砂さんが、溢れ出しそうになった涙を誤魔化《ごまか》すためにわざと気丈に放った言葉だろうと思ったから。

脳裏を遠野さんの奥さんの顔がかすめた。

言いたくもなるだろう。自棄《やけ》になりたくもなる。残された人は、どうしても。それは、僕にだってわかる気がする。

けれどそれを、伝えることも出来なかった。

気の済むまで謝って、そして勝手に気を済ませて。希砂さんは言葉を重ねた。

「ビオコさんからメールをいただいた時、会ってみようって思ったのには理由があります。結局なんで死んだのか、誰かと話したかったんです。詩を書く人ならどう思うんだろうって、特に聞きたかったんです。あたし、かーくんのカノジョだったけど、そういうのからきしだったから」

「夏炭さんの、詩は」

「嫌いです」

間髪《かんはつ》を容《い》れず希砂さんが答えた。迷いのない声だった。

「うん。嫌いです。でも、好きでした」

僕は奥歯で希砂さんの言葉を噛みしめる。気になってしまう文脈だった。生きていた頃に愛した詩を、死んでから嫌う、ということ。その心の動きが、とても、僕の中で引っかかったのがわかった。それを、噛みしめて吟味しているうちに――

「……聞いてもいいですか」

コンタクトの入った、大きな黒目が、小さなテーブル越しに、僕を覗き込んだ。

「探偵くんも死ぬの？」

穴みたいな目だと思った。手の中に半分以上氷のとけたアイスコーヒーのカップがあって、しきりに汗をかいている。ここだけが夏で、僕の手はどこまでも冷たい。

「僕は」

けれど、声を絞り出した時、自分の喉がすごく渇いているのがわかった。

「死なないと思います」

死ぬのか死なないのかと聞かれたら、僕は死なない、と答えることにしていた。死んでいった人のことを考えて、死んでいない自分のことを考えたら――

死ぬ、とはおいそれとは言えない。

「それは、詩人じゃないから？」

希砂さんがそう尋ねてきた。僕は驚いて、目を見開いた。その時ふと、彼女は怒っているのかもしれないと思った。怒っているのではなく、憎んでいるのかもしれない。恋人の死にまつわるすべてを。そしてふと、唐突に――

僕は彼女から、とても、嫌われているような感覚に襲われたのだ。

「……ごめんなさい」

希砂さんはさっきよりも静かに、真摯《しんし》に謝った。ため息まじりに。ままならない自分をいさめるようだった。他人を傷つけるために刃を抜いたことを、後悔しているようだった。

僕はといえば、驚いたし、それなりに心が痛んだ。けれど、さほどのショックは受けなかった。言われるまでもなく、僕自身が何度も自分に問いかけていることだったからかもしれない。

僕は、詩人ではないのか。

詩はもう書かないと言った、その言葉が自分に呪いをかけているようだった。あんなこと、はじめて言った、から。けれど僕はそれを信じられないのだった。詩人でなくなるのは、詩人であった人間の特権であるような気がしたし。

悪魔の証明のように、僕は僕が詩人ではないこと、を証明することが出来ない。だから、そうではない、証明が出来ない以上、詩人であると言っても構わない。——本当に?

沈黙を悪いものと思い込む人なのだろう。希砂さんが聞いてきた。

「探偵くんは、どうして今、かーくんのことを聞こうと思ったんですか」

問われて僕の言葉が夢想から蘇《よみがえ》る。

「僕も……僕も、一緒です。知りたかった、し、話したかったので。何も、知らなくて……」

なぜ今かと聞かれれば。

知ったのが今だからだ。今更。もう、何も出来ない段階に至って。今更知って、今更掘り返している。

そうですよね、と同情めいた声で希砂さんが言った。

「ショックですよね。ショックだと思います。うん、ショックだと思うな。あたしならショックだ」

心を寄せて、共鳴させて。乱暴に、手短に、簡略化した手続きで踏み込んでこようとするのを感じた。そういう、距離の詰め方が苦手だった。そもそも、他人なんて。ましてや異性とのつきあいなんて得意だったことはなかった。

手ひどい拒絶をくらったばかりで、僕は少しも、立ち直れていなかったのかもしれない。

僕は、無意識に身をそらして間合いを取った。逃げてしまいたくなったわけではないけれど、距離をあけたのは確かだった。そして敏感に、希砂さんは僕の拒絶を察して、自分も間合いを取りながら穏やかに言った。

「少し、歩きませんか」

半分腰を浮かしながら、希砂さんが苦く笑う。

「聞いて欲しいんです、かーくんのこと。思い出したいんです。踏ん切りをつけたい、のかもしれません。あたし、かーくんのお母さんやお父さんに、最後まで恋人ですってご挨拶《あいさつ》しなかったんです。だから、ただの友達だとしか思われてませんでした。こういう話、今まで誰ともしたことがなかったんです」

断る理由は特になかった。帰る時間も迫ってはいなかったし、土曜の昼下がりはなおいっそうおあつらえむきだったのかもしれない。だから、僕らは連れだって繁華街を歩いた。珍しくよく晴れた週末で、太陽の光が痛かった。旅行者らしき団体とすれ違いながら、行きたいところがあるのだと希砂さんは言って、それは徒歩でも十分程度のすぐ近い場所だった。

現代美術館の無料ゾーン、その一角にある、天井にある開口部から正方形に切り取られた空が見える、部屋のような中庭だった。

「ここ」

部屋の隅の腰掛けに腰を下ろして、希砂さんが言う。

「かーくんがすごく好きだったんです。デートの時には決まって遊びに来ました」

無料だし、と笑う。僕はひやりとした石に同じように腰を下ろしながら、切り取られた空を見上げた。話に聞いたりニュースで見たりしたことはあったけれど、この美術館に来たのは初めてで、僕にはどのスペースが無料でどこからが有料なのかもわからなかった。

外にはそれなりに観光客がいたのに、中庭には人影がなかった。時折過ぎる雲があるだけで、不思議な気持ちになった。

ふと、夏炭さんは生きていた頃、希砂さんとどんな話をしたのだろうかと考える。この冷たい石に座って。

詩の話を、したのだろうか。

「……夏炭さんの」

馴染みの薄い場所の静寂に耐えきれなくなった僕の方が、口を開いたら、希砂さんはこちらを振り返った。

「詩って、覚えてますか」

「覚えてますよ」

即答だった。それから、バネがはじけるように希砂さんは立ち上がった。

「なんでだろーなぁ！」

突然のその、暴力的な大声に、僕は震え上がった。肩胛骨《けんこうこつ》のきしみを感じた。背中が石にこすれた。

「たのしいうたをうたってよキリギリス」

――それから、希砂さんがうたうように早口で唱えたのは、確かに、夏炭さんの詩だった。

十年前に、オフ会に提出した。

メロディアスな詩だ。

「はたらくことはぼくらにまかせて、女王様の退屈を……」

そこまで言って、はたと言葉を止めて、希砂さんが、振り返る。

「探偵くん、蟻の寿命って知ってますか」

蟻の寿命。聞かれたからには答えようとして、口を開きかけ自分にその知識がないことに気づく。間の抜けた顔になってしまっていることだろう。

希砂さんも、正しい答えが返ってくるとは思わなかったのだろう。向き直り、背中を向けてつま先を見下ろしながら、言った。

「普通の蟻は、そう何回も越冬なんて出来ないんです。越せるのは女王様だけ。もちろんキリギリスはもっと短いんです」

夏の間に遊び続けるキリギリス。凍える冬を、生きて越すことはない。そして勤勉な蟻もまた、それほど違いはない。

「だったらうたをうたっている方がいいですよね」

その、うた、は、詩のことだろうか。夏の盛りの鋭い日差しを浴びながら、でも、冷たい石が寒い季節の記憶を呼び起こす。

冬を越せない多くの蟻がいる。

冬を越せないキリギリスがいる。

それは、生まれ持ったさだめ、だっただろうか。

「……夏炭さんの死は、寿命だと、」

思いますか、と僕がかすれた声で聞こうとすると。

「そんなわけないでしょ」

怒った風に希砂さんが僕の言葉を遮《さえぎ》った。なおも言葉を続けようとした時、中庭に入る自動ドアが開いて、外国人らしき旅行客が大きなカメラを首からさげてやってきた。

勢いの削がれた希砂さんは、疲れたように僕の隣に座り直して、

「そんなわけないよ」

小さな声で、ため息まじりに言った。

「……生きて、いたかったかは、知らないけど。死にたくなかったって……」

声だけが、泣きそうになることを拒否するように、振り切るように。

「思ってくれなきゃ、浮かばれないのは、あたしの方じゃん」

行き場のない言葉だと思った。言ってもどうしようもない言葉だし、それを聞くためにここに来たのかもしれないと思う。

益体もない。聞く人はもう、そういない。

けれど希砂さんは、言いたかったのだろうと、思うから。唐突に、来るのは僕じゃない方がよかったんじゃないかと思った。たとえばビオコさんだったら。彼女の肩を抱いて慰《なぐさ》めてあげたり出来たんじゃないか。

「……すみません。僕、こんな」

僕は俯《うつむ》いてそれだけを言った。何に対して謝っているのか、そこまで説明することは出来なかったけれど。

希砂さんは相変わらずの反応の良さで、ぶんぶんと首を振った。

「あたしの方こそ。こんなこと、ごめんなさい」

そこでふと、希砂さんは僕達が今日出会った、その意図を思い出したようだった。

「探偵くんだって、聞きたいことがあったんでしょう」

そうだった。出会って、聞きたかったと言ったのは希砂さんだけど。聞きたいことがあってここまで来たのはむしろ、僕の方だった。

希砂さんはこれまで自分ばかり話していたことに負い目があるのだろう。「あたしで話せることなら、聞いてみてよ」と明るい声で言った。

いつの間にか、外国人旅行客の姿もなく、四角い庭の中には僕と希砂さんだけが閉じ込められている。

「……どうして、希砂、さんは」

ぼそぼそと、かすれた声で、僕は聞く。

「夏炭さんのこと、自殺じゃなかったかもしれないって思ったんですか」

僕の、その問いに、希砂さんから笑顔が消えた。何を、どんな風に聞いたって、僕には彼女を喜ばせることは出来ないのだろう。それでも。

笑みの消えた顔。ゆっくりとそらされる目。唇を舐《な》めて。希砂さんは、何をどんな風に言うか迷っている顔をした。

(違うんだ)

その横顔を見て、どうやら違うようだ、と僕は察した。夏炭さんの自殺には、病院側の怠慢だけではない、何か、他の理由がきっとあるのだろう。

「おっしゃったでしょう。詩人じゃないから死なないのか、って。僕は、それ、を知りたいんです。考えたいんです。夏炭さんは」

こんなことを、詩を書かない人に聞くなんてお門違《かどちが》いだと僕は思う。わかっている。ましてや、恋人を失った、傷もまだ癒えない、優しい人に。

僕は優しい聞き方が出来なかった。

「詩人だから、死んだんでしょうか」

死ぬしかないのか。

死ぬしかなかったのか。

それは、僕じゃない。希砂さんこそ問いただしたいことだろうとわかってもいた。彼女だけじゃない。たとえば小木屋《おぎや》さんのお母さんだってそうだ。遠野さんの奥さんだって、そうだろう。

死なないでは生きられないのか。

彼らは。——僕らは。

「そういう」

希砂さんが自分の目を覆《おお》う仕草をした。視界を塞いで心を閉じるようにして。出来る限り、冷静な言葉で、

「そういうことにしといて欲しいって気持ち、あります。詩人、だから、って。あたしの知らない、わかんない論理で……」

そんな風に言って、あえぐような呼吸をして。それから自分の首、うなじに手を伸ばした。そうして銀のチェーンとともに、彼女が胸元から出したのは——

銀色の、指輪、だった。

「これ」

目を細めて、希砂さんが手のひらに指輪を置く。女性の年齢がわからないように、貴金属の

価値もわからない僕だけれど、玩具《おもちゃ》ではない、とそれだけはわかった。

「死んだ時、かーくんが持っていたそうなんです」

男性が女性に指輪を贈る意味を思う。

そして、女性がその指輪を首にかけて、指につけない意味も、また。

僕には難しい問題だった。ふさわしい言葉を選べずに、まごついていたら、希砂さんが無理するように明るく笑って、早口で言った。

「でも、これ、つくったのずいぶん前のことみたいなんですよ。それこそね、十周年の記念日より前のことなんです。くれたっていいじゃないですか。なんでくれなかったんだろう。くれようとしてたなら、自殺なんてするでしょうか。ほら、よくミステリとかで言うじゃないですか、明日の用意をしている人間が、自殺なんてしない、って……」

ぱっと手の中に指輪を隠して、俯いて希砂さんは言った。

「それとも、あたしに、渡したくなかったのかなぁ」

僕は返事に窮した。詩のことをずっと考えてきた、足りない頭なりに。不器用なりに。でも、女性の心なんて、考えたことはなかったから。

希砂さんもまた、僕の返事を待たずに言った。

「この指輪を下さいって、おばさんに言ったの、あたしです」

自棄になったみたいに、短い呼吸の合間に続けた。

「あたし、かーくんの家族に、ずっと仲の良い友達だって言ってきたから。おばさんも、それを、信じて。プレゼントの箱に入った指輪を渡す相手に心当たりがあるって言ったら、お願いねって。まるで、騙《だま》して盗《と》ったみたい」

後悔をしているようだった。懺悔《ざんげ》のようだった。

「……どうして」

僕は、尋ねていた。気になってしまったから。

「どうして、正直に言わなかったんですか」

自分が恋人だと。

その指輪は、自分のものだって。彼女には主張するだけの権利はあったんじゃないだろうか。夏炭さんと、希砂さんの。二人の関係の本当のところ、は、僕にはわからないけれど。

僕の問いかけに、希砂さんは顔を上げずに答えた。

「勇気がなかったんです」

言い捨てて、それから丁寧に拾い上げるように、続けた。

「勇気がなかった。どっか後ろめたかったんです。あたしが悪いような気がして……違うな、悪かったらいいなって、思ってた」

もう一度立ち上がって、僕には横顔も見せず、肩を落とした背中だけで。希砂さんは言った。

「詩人だから死んだ、って。それって、それしかなくても、それが答えでも。やっぱり……悔しいって思います」

悔しい。恨みや、憎しみ。吐き出されたそれを、四角い空が吸い上げる。

「何言ってるんでしょうね。救えなかったくせにね」

それだけを言って、希砂さんは肩越しに僕を振り返った。

目を細めて、左右非対称の、痛みをこらえる顔で、笑って、

「今でも、自分のことばっかり大事にしちゃう」

震える唇で、鋭い刃みたいな声で言った。

「やな女でしょう、あたし」

僕は目を細めた。緊張で喉が渇いて、手のひらに冷たい汗をかいていた。逃げ出したいような気持ちとは裏腹に、言いたかった、から、言った。

「でも、生きていて欲しかったんですよね」

愛らしい詩を書く、あの人に。

「うん」

希砂さんはもう一度、僕に背を向けて、

「なんかもう、いらないです。詩とか。嫌いです」

俯いて言った。そのためならば、それが叶うのならば詩なんて捨てて、

「生きていてくれたらよかった」

たとえ、この指輪が、自分のものじゃなくても。

それは、きっと正しい、と僕は思う。正しいはずで、そんな、恨めしいような、罪深いような、あやまちを犯したような顔をする必要は、絶対になくて。

たとえば僕にもう二本、幻想の腕があったなら。

彼女を、抱きしめて慰めていたのかもしれないけれど。僕の手は、詩という重い荷物にがんじがらめに縛られていて、鉛のように重く、動かすことは出来なかった。


ビオコさんと二人で会ったのは、いつものような夜ではない、平日の昼間のことだった。

場所もいつものファミレスではなくて、僕のバイト先の近くにあるコーヒーショップだった。

二階にギャラリーのあるそのコーヒーショップで、ビオコさんはやっぱり奥の喫煙席にいた。

希砂さんに会えたかどうか、心配していたビオコさんに無事に話が出来たことを伝えたら、出来れば先にゆっくり聞かせてくれないかと誘われた。

みんなで集まるよりも、先に。

僕としても、希砂さんのことを整理するために、女性の意見を聞きたかった。僕にはやはりわからなかったのだ。希砂さんが何を思い、どんな風に傷ついていたのか。

そして、夏炭さんが、どんな風に死んだのか。

僕には見えなかった。パソコンの過去ログに残った、メロディアスな彼の詩と、最後の写真に写った、痩せ細った彼の笑顔。それだけしか僕には見えない。

ビオコさんなら、他にも見えるものがあるのだろうかと思った。

僕は話した。たどたどしい言葉で。記憶をどうにか思い返して、みんなの前で発表する、その演習準備のように。夏炭さんの最期を。そして希砂さんの痛みや悲しみ、苦しみを。

「……探偵くんが会ったのは、希砂さんひとり？」

他には会わなかったのかとビオコさんは聞いた。僕は首を振る。希砂さんだけでなく、夏炭さんの生前を知る人と会うこと、を考えなかったわけではない。けれど――

「ご両親と会うのは避けて欲しいって言われました」

希砂さんにはとりつく島もなかった。

「一生懸命、忘れようとしてるから、って」

そう言われてしまったら、僕にはもうそれ以上、踏み込む勇気なんてないのだ。だから、彼の本当の名前も住所も、わからなかったのだけど。

「……なんだか、変よ」

ビオコさんは目を細めて考え込みながら、深刻さをにじませる声で言った。

「こんなこと言っちゃなんだけど、本当に、希砂さんは夏炭くんの恋人だったのかしら……？」

その言葉は、僕の心臓を冷たくした。どうして、と聞くように、上目遣いにビオコさんのことを見た。ビオコさんは続ける。

「希砂さん、なんだか、全部本当のことを言っているようには思えないのよ。探偵くんにだけ会おうとしたり、ご両親と会うのを止めたり……」

それはもしかしたら、女性特有の直感であったのかもしれない。そうだと言われたら、鈍い僕には反論の余地がない。でも。

「嘘を、ついてるっていうんですか」

僕は、勝手な印象だけど、希砂さんのあの悲しみが、悼《いた》みが、偽物だったとは思えないのだ。もしも偽物だというのなら、彼女の中では、それが本当のことで——

現実の方が嘘なんじゃないか。そういうことが、ないとは言わない。可能性としては、いつだってあるだろう。

でも、なんのために、と思うのだ。

「証明は出来ないわよ、でも」

わたし達は希砂さんの口からしか、彼のことを聞いていない、とビオコさんは断罪するように言う。

「彼女はもしかしたら、夏炭くんの彼女でもなんでもないのかもしれない。もしかしたら、彼が死んだってことさえ……」

顔を上げたビオコさんが聞いてみましょうか、と言う。

「何をですか」

「病院に。そんな自殺をした人がいたのかどうか。精神科で自殺となると、普通に聞いても教えてくれないかもしれないけど、あの国立大学病院でしょう？　主人の同僚で、懇意にしている人がいるから……」

「いいんじゃないですか」

ビオコさんの言葉を遮るように、僕は言う。

「死んでいなかったなら、それでよくないですか」

死んだ詩人なんていなかった。それ以上のことがあるだろうか。僕は憤《いきどお》りをぶつけるみたいに、ビオコさんにまくしたてる。

「もしも、そう、だったら。潔《いさぎよ》く手を引けばいいと思う。僕らは警察でも葬儀屋でも役所でもないし……恋人でも、友達、でも」

もしくは、誰かは仲間だったと、思っているのかもしれないけど。そうだったのかもしれないけれど。

死んでしまったらそれまでだし。

死んだと言われても、それまでの。ただそれだけの関係なのだから。たとえばこれから夏炭さんの詩が表舞台に出てくることがなく僕らの目にも触れなかったら――

生きていることも、死んでいることにも意味がない。

他の多くの詩人が、そうであるかのように。

黙って生きている詩人は、うたって死んだ詩人ほども、価値がないのだと心の中だけで切りすてた。

どうしてこんなにも、憤りを感じるのか、自分でもわからなかったけれど。僕の強い言葉を、ビオコさんは浅いため息で聞き流すように、

「……そうね」

と呟《つぶや》いた。

「その方が、きっといいわ。確かに、時を同じくして彼のメールが返ってこなくなったことも

確かだし、わたしにとっては、それが全部なのかもしれない。わたし達は、本名も知らない相手の、生き死になんて、確かめようもないのだから」

死んでないのなら、いいわね。ともう一度、確かめるようにビオコさんは言って。それからすでに冷めてしまったコーヒーにミルクを入れた。白い濁り、をかきまぜながら、

「でも、本当に亡くなっているなら。夏炭くんは、それを予感していたのかもしれないって思うの」

と言った。意外な言葉に、僕は瞬きした。

「あの、オフ会で、わたし達が喧嘩したこと覚えてる?」

ビオコさんの言葉に、僕はしばらく考え込む仕草をした。

「アリとキリギリスの詩を出してね、いつだって生き残るのは女だけだ、って彼は言ったのよ」

生き残るのは女だけだ。

それは女王蟻の、話だっただろうか。

「忘れられないわ。——女の詩人は生き残るんですよ、子供を産んで、台所詩人になって。僕はそれが狡いと思う」

淡々と言う、ビオコさんのそれ、が、代弁であることを僕はわかっていた。

僕は、そんな言葉も、その時の夏炭さんの表情も、声も、思い出すことが出来ない。黙ったままの僕に、ビオコさんが言う。

「女は生き残る、男の詩人は、死んでこそだ……。でも、勢いにまかせてそう言ったこと、ず

っと後悔してたみたいなの。あとから謝罪のメールがきたわ。それが、わたし達がメールのやり取りをはじめたきっかけ」

女の詩人は生き残る。

男の詩人は死んでこそだ。

じゃあ、彼は、詩人になるために、死んだのか。

僕は、小さく笑った。笑ったようなつもりになった。ひきつった呼吸で口が、そういう形になったのかもしれないけれど。

笑えたならよかった。

神様がいるなら甘い言葉のひとつも囁いてくれたらいい。こんな馬鹿な現実は、全部嘘でしかないと。


病ということを、考える。それから人を好きになるということを。バイトは夜からのシフトで、夕方のこの時間は眠っていなければいけないのだけれど。屋根裏みたいな自分の部屋で、主の代わりに寝こける三日月《みかづき》の寝息を聞きながら。

僕はずっと考えていた。

希砂さんを思った。あの、年齢よりも若く見える、どこか少女のような女性が、首からさげた指輪を指にはめられない理由について。

彼女は愛されたのか、愛されなかったのか。

もしも僕に……その仮定は一切の意味をもたないけれど、それでも、もしも、僕に、あんな恋人がいたら。彼女を残して死ぬだろうか。

(あんなって)

どんなだろう、と考える。たとえば化粧した肌やくるくると巻かれた髪や、甘いにおい、それらは、食べ方のわからない外国の食べ物のようですぐに受け入れることは出来なかった。でも。

(あんな)

風に、僕の、詩を、そらんじてくれる人がいたら。

僕はその人を大切にしていたかもしれないし、むしろ突き放していたかもしれない。そうじゃない。お前に何がわかる。僕の、詩の、何が。僕自身にだってわからないそれが。

そうじゃない、ことだけはわかる。

獣みたいに唸りを上げる自意識が血を吐いている。本当に吐けたならよかった。夏炭さんもそうだったんじゃないか？　愛されることが苦痛だったんじゃないか。だから突き放した。でも、突き放す相手に、指輪なんて与えるだろうか。だとしたら指輪は、別の人のものだったのか？

そうじゃない、ような気がしている。

僕は思う。夏炭さんのことは、わからないけれど。もしも僕なら。

自分の詩をそらんじてくれるような人に愛を返せないのなら。他の、どんな人にも一切、心なんて渡さない。

いつの間にか唇を噛みしめすぎていたようで、鉄の味が淡く広がった。不味《まず》くて、無様だなと思った。無様だけど、生きているのだなと思って、なんだか少し、力が抜けた。どこまでも、無様なままで。

生きている人間は、生き続けるしかない。

そして生きている限りは、僕はやはり、書き続けるしかないのだと思った。もう書かないと言った、あの言葉は嘘だったと、自分を嘘吐きにしたら、楽になる心があった。もう、どうしようもない。

ふと、目の端にとまったのは、一通の郵便物だった。もう何週間も前に、家に届いて、無造作に階段下に置かれていた。大体二ヶ月に一回くらいの割合で、僕の家のポストに飛び込んでくる、ゆうメールは、いつも同じ封筒に入っていた。

東京の、大手出版社の。

差し出し人は、印刷された出版社の住所の下に、ボールペンの肉筆で、『棗雅人《なつめまさと》』の三文字。特徴的なその字は、いつも変わることがなくて、僕は二度と開けることはないだろうと思っていたその郵便物の包装をのろのろと破った。

あの河川敷で棗と話す前に届けられた郵便だったから、中に鬱陶《うっとう》しいメッセージが入っていないことはわかっていた。

あれから、棗からは電話もない。

それでいいと思う。手を切るきっかけを探していたなら、僕も、お前も、きっとその方がいい。

書くのには、ひとりで充分だと思った。

棗から届く封筒の中から出てくるのは、新書だったりハードカバーだったり文庫本だったりする。政治経済の専門書であったり、ノンフィクションであったりする。大体が、棗が関わった本だ。ごくごくたまに、棗の仕事とは関係ない詩集が入っている時もあれば、雑誌の抜き刷りが入っていることもある。

何らかの意思がこめられた、紙とインクと文字、が、会社の金で送ってくるのは、公私混同ではないのか？　職権濫用《らんよう》ではないのか、と思う。

僕はあいつの仕事相手でもなければ、取引先でもない。ましてや、本のリサイクルセンターでもないのだけれど。

読書というのは、鍛《きた》えてきた脳の筋力でするものだ。僕のそれはそんなに発達せぬまま、いよいよ衰えて、金を出して買ってきた本でさえ開かず終わる時もある。

ずいぶん前に届いていた、その封筒の中から、うんざりするような本が出てきた。ノンフィクションの、病気の女性の闘病もの。

病床の人間が遺《のこ》した、数々の短歌と、切り絵……ああ、そう、というのが素直な気持ちだった。ここでも病だ。どこでだって、死だ。

死んだ人間は礼賛《らいさん》されるのか。ここまで立派にパッケージングされたら、そりゃあ見事だろう。僕が死んだら、と思う。

思いかけて、やめる。想像はどこにも行き着かないし進まないのだ。僕は死なない。死んでいった奴を知っていて、そこには行かないと、思うから。

同じところには多分行けない。再会は、出来ない。

果たしてそれが、詩人であることと、詩人でないことにつながるのかどうかはわからないけれど。

堂々巡りする思考を打ち切るように、やけくそみたいに僕はページを繰った。つまらない本ならいいと思った。僕は僕の古い友人に、とるにたらない金儲けをしていて欲しいと思っていた。クリエイティブという方面において、不幸でいて欲しかった。去って行った女が障害児を生んだことを、という小木屋さんの詩を思い出す。僕の心もそのままだ。

ねじくれて、歪んだ、憎しみを。

自分の仕事の成果物として本を送ってくる嚢に抱いている。僕は弱いので、呪いは生まれないし、どんなに恨んでも何も起こらないから、どうしたって僕に罪は生まれない。ただ、むなしいだけ。

「あれ……」

本のページを繰りながら、僕は何か違和感を感じた。そこに書かれていた文章を、状況を、夏炭さんに重ね合わせていた。病院。入院。病棟での生活。見舞いと、写真。

「……なんでだろう」

僕は目を細めて瞬きをする。

「それって、おかしくない、か？」

彼女の言葉を考える。ある仮定だ。ひとつの仮定を定めたら、話は全部つながって噛み合う。無理矢理かもしれない。継《つ》ぎ接《は》ぎかもしれない。言いがかりだと言われたら反論のしようもない。でも。

もしも、もしも、そう、なのだとしたら。

（彼は。――彼女の、指輪は）

多分、彼女のために、与えられたものじゃないのか。

僕は本を閉じながら、馬鹿みたいに中空を見つめて、思う。

（だとしたら）

彼女は指輪を、受け取れるのだろうか。

恋も愛も遠いところにある僕には本当のことはわからない。ただ、死んだ恋人の詩をそらんじる、彼女の声が、頭の芯から消えないでいる。

夏らしい嵐が近づいている。雷の音を頻繁《ひんぱん》に聞くようになり、閉じこめられた湿気が雨粒となって落ちてくる。梅雨《ばいう》前線は消えることなく秋雨《あきさめ》前線へと変わる。そういう土地に住んでいるから、雨が降るから気が滅入《めい》るということはあまりない。

そもそも気持ちは、もうずっと、生まれた時から滅入っている。

「ひどい雨になりましたね」
と椅子に荷物を置きながら、希砂さんが笑った。仕事の帰りなのだろうか。固い印象の服を着ていた。僕は、「すみません」となぜか謝った。雨は僕のせいではなかったけれど、それでも。

希砂さんと再び会ったのは、初対面から二週間も後、平日の夜だった。『もう一度お話を聞かせてもらえませんか』という僕のメールに、いいですよとあっさり答えた希砂さんは、まるで、そういうメールがくることを予期していたようでもあった。

前と同じコーヒーショップで、冷たく甘いコーヒードリンクを持ってくる、その手の指の付け根をみて、今日も指輪がないことを確認する。

そして、首から下がった銀のチェーンを。

「すみません」
と僕は座った希砂さんにもう一度謝った。どういう意味にとったのかはわからないけれど、
「いいですよ」と希砂さんは笑った。
「あたしも、謝りたいなって思ってたんです。前に会った時、随分感傷的になって、感情をぶつけてしまったでしょ。結局、探偵くんの聞きたかったことって聞けたのかなって、あとから結構気にかかってて」

だから、また声をかけてもらえてよかったです、と希砂さんは言った。ふと、こんな風に毎回カフェインではなくて、アルコールのひとつもくみ交わせたら、もう少し話す言葉が変わっ

ただろうかと僕は思う。そっちの方が、スムーズだっただろうか。いい歳をした大人が、夜に会うんだから。

でも、僕は酒が嫌いだった。酩酊《めいてい》が嫌いだ。すぐに気持ち悪くなるし頭が痛くなる。何より、徐々に思考と言葉が変質していくのが嫌だった。

理性で操れない言葉は獣の叫びと一緒だ。

だから僕は、騒々しいコーヒーショップで、やっぱりカフェインで胃を満たしながら自分の言葉を探すのだ。

「治田《はった》、さんが」

僕が出した名前を、一瞬誰かわかっていなかったようだった。「治田ビオコさんが」と言い直したら、「ああ」と得心した顔をした。

「彼女が昔、夏炭さんにお会いした時に、やっぱり少し、言い争いになって。今の希砂さんみたいに、謝られたってことがあったそうなんです。……知っていますか？」

僕の質問に、希砂さんは軽く首を傾げる。

「聞いたことがあるかも。でも、詳しくは……。詳しい内容までは、知らないです」

そうですか、と僕は言った。どんな会話であったのか、希砂さんは聞きたそうな顔をしていた。夏炭さんのかけらを探して、収集するようだった。

「今でも、夏炭さんが好きですか？」

僕は、聞いた。目をあわせることは出来なかった。どういう顔でこんなことを聞いて、どんな顔で答えてもらうのが正しいかがわからなかった。じわりと首筋に汗が浮かぶのがわかった。下手な舞台演劇みたいに、自分に合わない、恥ずかしい言葉だと思った。

「うん」

でも、希砂さんはためらいなく答えた。

「ずっと好きだよ」

「じゃあ」

僕はたたみかけるように言葉をつなげた。早口じゃないと言えそうになかった。

「生きていたら、結婚していたと思いますか」

え、と虚を衝《つ》かれたような言葉。僕は前髪の隙間から、ちらりと希砂さんの顔色を窺った。思いも寄らないことを言われた、そんな顔をしていた。

「うーん……」

目をそらし、雨が叩きつける窓の外を見て、「そうね」と言った。

「ずっと一緒にいたと思う。嫌いになることが、なかったら」

僕はその、曖昧な言葉を聞いていた。どこかで、僕の考えをはねのける根拠を聞きたかったのだと思う。それは、違うと。

間違っているなら、その根拠を聞きたかった。間違いを口にするのは、それだけで失礼だし恥ずかしい。荒唐無《こうとうむ》稽《けい》であればなおさら。

「結婚は、しなかった、という答えですか？」

僕が続けて聞いた言葉に、「なんで?」と希砂さんが言った。なんで、そんなことを聞くの。一方で僕は、なぜ、僕の言葉に答えてくれないのか、と考えていた。

「……間違ってたら、すみません」

僕は、僕の考えを言うことにした。曖昧模糊《もこ》とした想像に手を突っ込んで、形のわからないものをこねくり回すのが嫌になったのかもしれない。答えはひとつ、彼女に聞けばわかることだ。

正解か不正解かを、言うのは彼女であるから。他にどんな証明もいらない。

「ビオコさんをはじめとした会のメンバーが、夏炭さんに会ったのは一度きりです。僕らはSNSの彼を知るだけで、ビオコさんもメールアドレスだけ。本名をはじめとした個人情報を知ることはありませんでした。だから、いくらでもとりつくろうことが出来た、そう思うんです」

希砂さんの横顔が、緊張しているのがわかった。彼女は多分、何かを隠しているのだろうと思う。でも、それは、絶対に見せたくないものなのだろうか。

言えない理由があるのかもしれない。けれど、隠しきれない秘密は、暴かれることを待っている。

何を言っているのと、笑い飛ばされたら、もう追及しないでおこうと僕は決めている。でも、彼女はそうはしないのではないかという予感が、どこかにあるのだ。

「最後に病室で撮ったっていう写真を、見せていただきましたよね」

もう一度出して欲しいとは僕は言わなかった。今は確認しようがない。

「同室のおばあちゃんが撮ってくれたって、希砂さんは言いました。その時は、おかしいって思わなかったけど、帰ってから、あれおかしいなって思ったんです」

夏炭さんが入院していたという病院は、大きな病院だ。自殺した人がいたかどうかについて、確かめることはなかったけれど――

「あの病院は、どの病棟も、男女別です」

それ以上、確定的なことを、僕は明言出来なかった。軽い沈黙のあとに、口を開いた希砂さんは、泣きそうな顔で笑って、

「ばれちゃった」

と言った。

蓋が開く、と思った。彼女が蓋を閉めて僕らの目の前に提示した秘密の。当然の成り行きみたいに、真実が晒《さら》されるのは。

もしかしたら、彼女自身が、ずっと言いたかったからなのかもしれない。

そうです、と希砂さんは頷《うなず》いた。頷いて、もう一度、自分に確かめるように、言った。

「そうです。かーくんは女の子です。でも、心は男の子でした。男の子として、あたしのことを愛してくれました。本当に愛してくれたのかはわかりません。そういうつもりでした。ままごとみたいだったけど」

やっぱり、と僕は自分の肩から力が抜けるのがわかった。

そうか、やっぱり。

希砂さんはそのことを、ずっと僕らに言いたかったんじゃないかと思った。でも、死んでしまった人にも気持ちがある。自分からは言い出せない。だから、僕に、暴いてもらうのを待っていたんじゃないかって。

「あたし達は、学校の保健室で出会いました。あたしも、あんまり、クラスに馴染める女子じゃなかったんです。その頃から、かーくんは髪を短く切って、スカートが嫌いだって言っていました。でも、だからといって、手術をするとか、戸籍を変えるとかまでは、出来なかったみたい」

ただ、太ることが嫌いでしたと希砂さんが言う。辛《つら》い記憶を思い出す顔で、でも、大切な宝物を箱から出して並べるようでもあった。

「丸みを帯びて、女の子みたいな身体になるのが、嫌で。すらりと背の高い人だったから、男物の服を着てたら、ほんとにかっこよかった。自慢の……彼氏でした」

ままごとみたいだったと彼女自身が言うそのつきあいが、どんなものだったのかはわからない。ただ、僕は写真の中の、夏炭さんの耳にある、ピアスを思い出す。

「ご両親は保守的で、自分は男だって、かーくん死ぬまで言えませんでした。だから、あたしも。あたしのことも……」

眉を下げて、頬杖をついて、けほっと何かを誤魔化すように咳き込んで、思い切るように希砂さんが言う。

「あのまま生きてても、あたし達、多分、結婚はしてません」

声が揺れていた。涙みたいに。

「だって、女同士だもん」

僕は……返せる言葉を持たなかった。彼女達のつきあいについて、どう言うことも出来なかったし、言って欲しくもないのではないかと思った。

でも、僕は、ひとりの詩人として。

夏炭という、詩人の「彼」の思想を、彼女に言う資格がある、と思った。いや、資格はないかもしれないけれど。

それでも、ひとりの、詩を書く人間として。残酷な、傷つくような言葉を伝えなくてはならない気がした。

「アリとキリギリスの詩を」

僕がそう言ったら、希砂さんの瞳に、言葉が、詩が、浮かぶのがわかった。眼球に映し出される、夏炭さんのかけらが。

「覚えてますよね」

忘れるはずがなかった。僕でさえ覚えているのだ。

あの、やさしいうたを。

「男ということと、女ということに対して、夏炭さんにはひとつの思想がありました。それは当然だったと思います。その思想に縛られていたのは夏炭さん自身だから。人よりも真剣に考えて、自分なりの定義を、自分なりの答えを見つけようとしていたんだと思います」

夏炭さんには思想があった。女はかくあるべし。男はかくあれかし。そういう、思想だ。

「ビオコさんと言い争いになったのも、その一点だったそうです」

男と女に、固執《こしつ》して。

「女は生き残る、と言っていました」

台所詩人となって、生きていく。詩を抱いたままでも。それが正しいのかは、僕にはわからない。文学史上の詩人で長生きした人だっていることは知識としてあるけど、でも。

僕自身が、男だから。

「女はいつも、生き残る。男の詩人は、必ず、早く死ぬ――」

僕が、ゆっくりと言葉をなぞり、繰り返す。多くを語らなくても、希砂さんにはもう、きっと伝わっている。

「そんな?」

睫毛《まつげ》と言葉が震えていた。見開いた目が、僕を映している。僕と、それから――

もういない人の詩を。

そして、それをなぞってなお。恋人の思考をトレースしてなお、希砂さんは言わずにはいられなかったのだろう。

「そんなことのために?」

否定ではなかった。彼女にもわかったのだ。それ、は、根拠となり得る。可能性は、ゼロではなく、あり得ない、ということはない。彼女にさえそう思えた。

だから言ったのだ。

たかだか、そんなことのために。

死ぬことで男の詩人となる、それだけのために。

彼は、自分の命を捨てたのか、と。

それだけだったとは、僕も思いたくはないのだ。人が死ぬ時。それは、あらゆる不幸が重なって、何かの間違いも、数多く。

その時に、当人に何があったのかなんて、多分、最も近しい人にもわかりようがないのだ。深く暗い穴のように。覗き込んでも見えないものはある。

たかだか、そんなことだ。立派でもなければ、正当でもない。そういって、否定するのは簡単だ。けれど、そうだとしたら。

死ねば、男だとしたら。

「だとしたら、その指輪は」

僕は今はシャツの下に隠されているであろう彼女の指輪のことを思った。それが、亡き人の手に残されたまま、死んだ恋人から、贈られたのだとしたら。

「男である彼から、女である貴方に贈れる、唯一のものだったとは、思えませんか」

唐突に、よく出来た、つくりものみたいに、涙が一筋、希砂さんの頬を流れた。傍《かたわ》らの窓に叩きつける滴《しずく》とシンクロして、自然の現象みたいだった。

「わかりません」

涙をすることもしなかった。声は震えていたが、はっきりとしていた。僕は平日夜の混み合ったコーヒーショップで、どんな風に周りから見られるかと思わなかったといえば嘘になるけれど——

それよりも大切なものがある気がした。僕の名誉や、彼女の誇りなんかより、今はずっと深刻で、重要なことが。

「わかるけど、わかりたくないです」

希砂さんがそう、言った。

そこでようやく自分の涙に気づいたようで、そばにあった紙ナプキンで頬をおさえた。それでもまだどこかぼんやりとした目で、早口で言った。

「それって、詩が彼を殺したってことですか。詩人じゃなければ死ななかったってことですか。でも、でも、彼の中の男性が、女性である彼ごと殺したんなら」

にじんでいるのは、怒りだった気がする。苛立ちと言ってもいい、攻撃的な、獰猛《どうもう》な意志で、嚙みつくみたいに僕に聞いた。

「あたしにも責任がありますか」

僕はその言葉を、受け止めて、責任という言葉を考えた。責任は、あるのか。でも、その一足飛びに突然思考がとんだ。

だから、聞き返していた。

「あった方が、いいんですか?」

本当のことはわからない。希砂さんにわからないのであれば、僕にだってわかりようがない。けれど、彼女にはわかるはずだった。

彼女自身の心は。

希砂さんは、胸元のシャツを掴んだ。シャツと、その下にあるであろう、指輪を、掴んで、強く握って。

他の誰にも渡さないように。

そして、赤い目で、かすれた声で、彼女は言うのだ。

「欲しいです」

欲望を。

叶わない、願いを。

「責任」

自分のために死んだという証《あかし》が欲しいと彼女は言った。それは僕にはひどい狂気のように感じられたし。

一方で、女というものを、これまでで一番彼女に感じたのも事実だった。

「……せめて、あたしのせいで死んでよって、ずっと、思ってたのになぁ……」

僕は耐えられなくなって、窓の外を見た。希砂さんはもう、誰の返事も聞きたくはないように、俯いて目元を覆って、涙声で、言った。

「でも、やっぱり、男でも女でも、詩を書いててもいなくても、生きてる方が、ずっといいよ……」

はい、と僕はそう言いながら。

心の中だけで、小さく呟いた。

愚かしいと思う。馬鹿馬鹿しいとも思う。正しくはない。誰のためでもない。

でも多分、彼は、詩人で。

ずっと貴方を、好きだったと思う。


それから僕達は多くの言葉を交わさなかった。彼女が泣き止み、甘いコーヒードリンクを飲むのを待って、それから別れた。

別れる時に、僕は何か聞いておいた方がいいか考えた。たとえば、夏炭さんの本名を、聞いておいたら。もっと探し、調べられ、確かめられることは、あるかもしれない。

でも、それは、出来なかった、し、いらないと思った。結局のところ、本当のことなんて、僕らには必要ではないのかもしれない。

たった一度しか出会ったことのない彼女は、他のメンバーにとっては彼だった。それでいいし、そのまま彼は詩人として死んだ。それでもう、いいような気がする。

定義をすることは、生きている人間の特権だ。

泣きはらした目で、でもどこか清々《すがすが》しい顔で、希砂さんは最後に僕に言った。

「探偵くんは、死んじゃだめだよ」

いつの間にか、雨はあがっていて、あたりは濡れたコンクリートと排気ガスのないまぜになったにおいがした。その中で、僕は俯いたままで答えた。

「死にません」

本当は、これが、正しい答えじゃないってことがわかっていた。この、答えを言えば、どんな問いかけが返ってくるかわかっていて、自分はその問いかけに少なからず傷つく自覚もあって。でも、誤魔化せなかったし。

やっぱり嘘はつけなかった。

そして希砂さんは、それが僕を傷つけるかもしれないとわかった上で、確信犯的に、こんな言葉をつないだのだ。

「詩人じゃないから？」

僕は、振り絞る。声を、勇気を。

自分を定義するのは、自分でいいはずだと。僕自身が思っている。死が詩人を押し上げる、その可能性はどこまでいっても否定出来ない。その不可思議な力を欲する気持ちも、確かにある。

けれど僕が、どうして死なないのかと、言えば。

「死にたくないからです」

生きて、書きたい。

見苦しくてもいい。息苦しくてもいい。生き、苦しくても。

そう答えたら、希砂さんはもう一度、泣きそうな顔をして、

「長生きしてね」

それが、僕らの交わした、最後の言葉になった。

繁華街で、身を翻《ひるがえ》す、彼女の指には――

銀の指輪が、光っていた。

第四章

塩斎

明日田

僕が死んだら塩につけてくれないか。ドラム缶いっぱいの塩でいい。
ホルマリンなんて贅沢は言わない。化学式に溶けるのはまっぴらだ。
内臓は捨ててしまって構わない。そこに焼き付けられた僕はいない。
脳は少し惜しんでくれ。一番辛抱強く僕につき合ってくれた奴だから。
スープにするならシェフを呼んで、食える味になるなら食べてもいい。
不味かったならそいつはもう用無しだ。
エキスまで使い果たしたと胸を張るよ。
塩はこれがいいだなんて生意気は言わない。
人工物にまみれて生きた、一握りの信仰だ。
たとえ骨と皮ばかりの乾物と成り果てても。

死体となった僕はなにものにもかわらない。
仏にも、検体にも、数式にも、悲しみにも。
ましてや安っぽいファッションのように、小粋な門出を気取るつもりもない。
どんな献花も美辞麗句もいらない代わりに、恨み言も水に流して忘れてくれ。
ただ、絶望に蛆がたからないように。
思い出と体が異臭を放たないように。
塩を。
塩をくれ。
他人よりも少しだけゆっくりと、慎み深く、死ぬことを楽しむつもりだから。
真っ白に黒。
甘美の辛さ。
忘却が記憶。
塩、葬送。

もう何度目と数えるのもやめた、ファミレスでの集まりのことだった。夏もその勢いを失い、収束へと向かっているのを感じていた。外はまだ暑く、店内は嫌がらせかと思うくらい寒かった。

僕はたどたどしい言葉で、多くはビオコさんの助けを借りて。夏炭《かずみ》さんの話をした。彼になった彼女の話。驚いた、という人もいれば、納得したという人もいた。それから、彼《か》の人の恋人だと言った希砂《きすな》さんの話を聞き終えて、舵《かじ》さんは嘲《あざけ》るように少し笑った。けれど、馬鹿にするような言葉は一言も発しなかった。

むなしさが漂っていた。人の死を掘り返して、まるで天日にでも干すように並べて。でも、この湿度じゃあ腐って黴《かび》が生えるだけだ。僕らが痛感するのは、結局無力さだけだった。軋み、苦しみ、やりきれなさ。それらが、実感としてわかりつつあった。人の死をエンターテインメントとして受け入れるには、立て続け過ぎた。センセーショナルな死も、許容量を超えたら、飽和する。なんというむなしさだろう。死にさえ飽きるだなんて。

そして誰とはなしに、口を開く。

もっと話すべきことがあるんじゃないかと。僕達は、もっと。

死んでいった仲間を悼《いた》むよりも。

生きている者として、詩の話をするべきじゃないか？

それは確かだと思った。詩の話をするべきじゃないか？ はっきりとした正論だ。詩を書いて生きるために、死んでしまった人の墓を暴くよりももっと、建設的なことがあるはずだった。正しいことはあるはずだった。出来ることならそうしたいと、僕も思った。でも、あとひとり、もうひとりいるじゃないですかと僕は言った。《塩斎》という一編の詩を取り出して。もうその紙も、ずいぶんくたびれてしまっていたけれど。

それでも、最後まで続けたい、と僕は言った。その思いを新たにしていた。暴くことで救われる人がいる、だなんて思ったわけではなかった。不幸しか呼べないかもしれないし、辛《つら》さしか生まないかもしれない。それでも。成し遂げたいと思ったのだ。やり遂げたい。何にも出来ず何も果たせず、何者にもなれない日々はもうたくさんだという気持ちに、なっていた。

なんの意味もなくても。

誰も救われなくても。

これで最後なんだから、僕は、と続けた。

詩を書いていた人間の死を見て。詩人の死に触れて。それを咀嚼《そしやく》し、報告して、誰かに話し、わかり合えなくとも、そこにあったのだと、理解して。終わりにしたいと言った。終わりにしたい。

区切り、と終わり、というものを。どこかで与えられたい。まるで葬儀でもするように。生者の身勝手として。

そう、最後に一編残ったのは、葬儀の詩だった。

明日田《あすた》さんというのが作者の名前だった。ログの中の彼の詩をたどると、その特徴的な作風がはっきりと浮き出た。

僕の観測出来る範囲で。彼は、他の誰よりも死に固執《こしつ》した詩人だった。様々な手法と文体を研究し、「死ぬこと」についてうたっていた。その暗がりを、絶望を、少しでも軽やかに、あるいはもっと重厚にしようとする詩人だった。詩を書くことが目的だったのではないのかもしれない。少なくとも、十年前、彼がSNSにいた頃は。

死を書くことが、彼の目的だった。

僕の勝手な印象だけれど。

「まったくよくやるよなぁ」

舵さんが呆れたように言った。億劫《おつくう》そうに煙草《たばこ》を吸って、それでも僕を、手の掛かる年下だと気にしてくれるような優しさがあった。

「でも探偵くん、少し、顔立ちがしっかりしてきたんじゃない?」

そう言ったのはビオコさんだった。彼女もまた僕に対してとても親身になってくれていた。会うごとに、最初のうちに一方的に感じていた警戒心も、徐々に解けていった。彼女ではなく、僕のそれ。ビオコさんは僕に対して、ずっと心配して労《いたわ》ってくれ、そして何より話を聞こうとしてくれた。

「ここに来た当初は、あなたの方が死にそうだったわよ。もちろん、今、元気になっていってるとは言いがたいけど……」

聞いてまわっている、話題が話題だものね、とやはり、親戚の子供に語りかけるような穏やかさと気安さでビオコさんは言う。

「言葉とかが、はっきりしっかりしてきてる」

変わっていくものね、としみじみと、年月を味わうように言ってから、ふと気づいたように言葉を続けた。

「そういえば、昔の探偵くんはもっと饒舌《じょうぜつ》だった気がするわ。戻っただけかもしれないわね」

昔、というのは。十年前のことだろう。

その時「探偵くん」がどんな風にみんなの目に映っていたのか、僕に確かめる術はない。

十年前、僕はまだ中学生で、狭い世界に閉じこもってひとりで暗がりの中にいるような気持ちでいたし、本当の怖さなんて知らなかった。

戻ったというのは間違いだ。戻れるわけがなかった。

戻れない。かえれない。たとえどんなに、そう望んでも。

時間は不可逆で、僕は僕以外にはなれない。本当は、わかっている。

「……だけどな、終わりだよ。探偵くん」

低い声で近藤《こんどう》さんは言った。近藤さんの方は、回を重ねるごとに、僕を苦々しく思っているようだった。

「明日田くんには、他の三人とは違って謎なんてない。あったとしても警察が暴いてしまってる。触れても仕方がないんだ。自殺じゃないから」

僕はその顔色を、窺うように注意深く見た。近藤さんは努めてそうするように、穏やかな声と口調をしていた。穏やかに、僕をなだめるように。刺激しないように。

「彼は事故死だったんだ。それも、不幸な事故だ」

だから、謎はない。そう近藤さんは言った。

「事故」

そう僕は繰り返す。

それについては、近藤さん以外のメンバーもまた、異論を唱えることはなかった。

スマートフォンを握って、何かの記事を探していたのは舵さんだった。スマートフォンのことはわからないけれど、何か特別な、ニュースのアプリなのだろうか。

「ほら、これだ。この、金田《かねだ》っていうのが明日田の本名だ」

金田友哉《ともや》、そう、その記事には書かれていた。非常勤講師の凍死体を発見。渡された記事の文面を読む。新聞記事のようだった。年を確認する。丁度、遠野《とおの》さんが亡くなった年と同じだった。

「深夜、勤務先の大学からの帰り、雪道で足をすべらせて、滑落したらしい。意識を失った時にはまだ息があったようだが……そのまま、朝まで。最初は変死として事件性も疑われたが、結局は事故死ということだ」

そう言う近藤さんの横顔は、悼みに満ちていた。

それまでずっと黙っていた櫻木《さくらぎ》先生が、言葉をつなぐ。

「最後が、苦しいものでなかったのなら、せめてもの幸いだとわたし達は思ったよ」

静かな声だった。この人だけは変わらないと僕は心のどこかで思う。初めて会った時から、ずっと。僕に対しても、僕のしていることに対しても。

凪《なぎ》のように静かで、思慮深い人だ。寡黙《かもく》故に、その心に、多くの言葉を積もらせていることを示すように。僕の、不自由な沈黙とは違って。

「遺書もなかったし、最初は事件だって疑われてたくらいだ。あの時探偵くんがいたらな」

舵さんは肩をすくめながら、少し笑った。

「その時にお前さんがいたら、本当の意味で、探偵だって出来たかもしれん」

軽口ともとられかねないその言葉を、近藤さんはいさめなかった。その力もないように、静かに言った。

「彼は事故だったんだよ」

僕が知らなかっただけで、明日田さんが事故で死んだことには、他の人達も異を唱えなかった。掘り返しても仕方がない、理由のない、不幸として。

「警察もそう決めたんだ」

だから僕の出番はないと、そう言いたいようだった。僕は、僕のことを思う。玩具《おもちゃ》をとりあげられたような、馬鹿で不自由な子供の自分のことを。探偵と呼ばれるだけで、何を暴けるわけでもない。誰に依頼されたわけでもない。ただのごっこだ。ないかもしれないものを探す、悪趣味だ。

そんなことはわかっていた。今更思い直すまでもなかった。自分勝手な気持ちで、たくさんの人を傷つけて。

ありもしない絶望を表出させようとしている。象《かたど》ろうとしている。そんな自覚と罪悪感は、ずっとある。

「でも、遺書はなくても」

僕はひとりごとのように呟《つぶや》いていた。

「詩は、あったんじゃないですか」

死は、あったんじゃないですか。

どちらを伝えたかったのか。どちらで伝わったのかは、わからない。

ただ、彼は、死を、書く人だったんじゃないのか。

死に対してあれほど執心していた人が。

死を迎えた時に何を思って何を残したのか。それは、自死ではなくとも見たいと思ってはいけないものなのか。

(見たい?)

僕は人の死が見たいのだろうか、と考える。処刑台やさらし首に沸き立つ群衆のように？　悪趣味なわけじゃない。好きではなかった。露骨な悪も。醜《みにく》さも。だからこそ美しいとは思えない。

人の死なんて、本当は見たくもないし。それをありがたがるやつらの気もしれない、と思っている。エンタメとして消費する気もないし、ましてや、これみよがしに追悼の文を書いて、評論として評価するなんて。

でも、僕がやっていることは、それとどう違う？　それよりももっと低俗に、自意識と擦り合わせているだけじゃないか。

「探偵くん。君はよく向き合い、よく考えてくれたと思う。ここに至って、最後までという気持ちだってよくわかるんだ」

近藤さんが、抑えた声で、冷静に努めるように言葉を紡いだ。

「けど、明日田さんは事故だったと、それで花のひとつも手向けて」

先生らしい白いシャツに、黒い眼鏡で僕に言う。

「終わりにはしないか」

終わり。

はじまりがあって、終わりがある。どこかで結末を決めなければならない。そう、終わりが欲しいと思っていたのは僕の方だ。ここがエンドマークなのだろうかと、僕は頭だけで考える。歩いて、探して、求めて、一体どこにたどりついた？

探偵くん、と近藤さんは続けた。僕を呼んだ。魂を引き寄せるように。そして、こう言った。

「僕は君の書いた詩が読みたいし」

僕は眼球を動かした。睨みつけるような顔になっていたかもしれなかった。僕の、書いた詩。書いてきた詩。書くかもしれない詩。

けれど近藤さんと目はあわなかった。彼も、わずかに目線を下げて、自分自身に語りかけるように言った。

「僕もそろそろ、詩を書くべきだと思う」

しんと静まりかえった。

大学生の集団が騒々しい、夏の夜のファミレスで。僕らはとても静かに、それぞれが自分の心を眺めた。イメージの話だ。どれほど鮮明に想像を膨らませたところで、そこにあるのは虚無だけだ。けれど、そこに、まだ詩はあるか。問いかける。

僕の心にまだ詩はあるか。

黒い穴から、答えは返ってこない。


それから僕達は、短い言葉を交わして別れた。危険な暗がりを避けるように話題は近況に終始し、最近の詩壇の話題をして、そして次が、次があれば、今度はみんなの詩を持ち寄ろうという流れになった。

まるで普通の同好会のように。少しだけ陰鬱《いんうつ》に、それでも気分を害することなく言葉を交わして。

僕は、次があるのならばそれが最後になるのかもしれないとぼんやり思った。もしくはこれが最後かもしれない。少なくとも、全員が集まり続けることは、これが。それともこれから、詩を書き続ける仲間達として、縁を持ち続けるんだろうか。

先のことはわからない。ただ、ここまできて、もう詩は書かないと言う人がいなかったことは僕の呼吸を間違いなく楽にした。馬鹿なすがりつきでもいい。むなしい同調でもいい。

いつかじゃない。今も。

書きたいという気持ちはある。理由はないし、目的もない。ただ、書きたいという気持ちはあるのだった。誰かの分までとは思わない。どれだけ多くの詩を書いていたとしても、死んだ人間はもう書かなくなった人間だ。

それだけの気持ちが、僕を支えている。そうじゃないと呻き苦しむ日々の中で。

僕はファミレスを出て、歩き出した。駅の前を過ぎたあたりで、声をかけられた。

「おい」

肩を叩かれ、振り返るとそこにいたのは舵さんだった。いつもなら車で帰っているはずだが、今日は乗ってきてはいないらしい。

「ちょっと、まだ時間あるか」

駅前の喧噪の中、首を回してあたりを見て。

「飲んでいかないか」

と僕に言った。はぁ、と僕は答えた。飲みに行く、ということが自分の行動原理の中にあまりインプットされていなくて、ピンとこなかった。

「大丈夫です」

そう答えたけれど、何が大丈夫なのかはわかっていなかった。

僕は舵さんについていく形で、雑居ビル地下の居酒屋に入った。頭の隅で少しだけ財布の中身を心配したけれど、メニューを見る限りでは、よほど暴食しなければ大丈夫、だと思った。ビールでいいかと尋ねられ、本当はソフトドリンクがよかったが、嫌だと答えるのに気がとがめて頷《うなず》いた。

舵さんがひとりで刺身をいくつか、揚げ物と、その他何品かつまみを頼むと、食べ物の注文と入れ替わりにビールがきた。

僕らはぎこちなく重いばかりのジョッキをあわせた。何に対して乾杯したわけでもなかった。口をつけると、少し気が抜けた炭酸が喉を駆けていく。奥に熱を感じた。

「終わった、んだろうかなぁ」

ぼんやりとそんなことを舵さんは言った。僕は上目遣いに、その顔を見た。騒々しい店内で、低い声で舵さんは言った。

「気が済んだかい、探偵くんは」

何に対しての問いか、少し、考えた。僕は何がしたくて、そうしてその気持ちは、済んだ、のか。考えたけれど、結論は出なかった。

「……わかりません」

だから、そのまま言った。

僕は知りたかったはずだ。死ぬしかなかったのか。死ななければ詩人ではなかったのか。それを探して、考えて、でも、結局——

わからなかった。肯定は出来なかった。だからといって、否定出来るというわけでもない。

「でも、書いていくしかない、んじゃないかって」

生きてる人間が、書いていくしかないと。

そんな結論では、だめだということもわかっていた。だって、そんなこと、誰の死に向きあわなくたってわかっていたことだ。平凡で陳腐で、どうでもいい綺麗事じゃないか。

死ぬしかなかったって、結局、一体、どんなことなのだろう。

死ぬしかなかったのか——問いはまだ、つながれた犬のように自分の中をぐるぐると回っている。

「ま、そうだわな」

僕のありきたりな返事を、けれど舵さんは否定することはなかった。最初に小木屋《おぎや》さんの実家の連絡先を教えてくれた舵さんは、何らかの意図《いと》があって僕を呼び止めたに違いなかったが、しばらく無言のままビールを飲んだ。

僕の手元のビールの泡がなくなる頃、そして彼の手元に新しいビールが届く頃に、ようやく舵さんは重い口を開いた。

「……死んだ人間のことを、悪く言うつもりじゃないんだが」

僕は形だけビールに上唇をつけて、注意深く舵さんの言葉の続きを待った。

「明日田な、あいつ、ちょっとおかしいやつだったよ」

おかしいってなんですか。促すように僕はそう言った。僕は明日田さんのことをよくは知らない。その死も、事故についても。

だから、何をもってして普通で、何を指しておかしいというのかまったく想像がつかなかった。

そして、どちらかといえば剛胆なところのある舵さんが、どうしてこんな歯切れの悪いことしか言えないのか、僕にはわかりようもなかった。

舵さんはぐい、とジョッキを傾けた。酒の飲み方をあまり知らない僕から見ても、ペースの速い飲み方だった。

それから、僕に、ある雑誌の名前を言った。知っているか、と問われたそれは、大型書店に置かれている詩の雑誌のひとつで、毎号は買っていないけれど、僕の部屋にも何冊かあった。

「その雑誌にな、まあもう四年も前になるんだが、ある詩が載ったんだよ」

《箸》というその詩は、タイトルこそ違ったが、poetring に掲載された詩だったという。僕は覚えがなかったから、SNSのログの中にあるものではないのだろう。

「それが、明日田さんの詩ですか？」

話の流れから、そういう話なのかと見当をつけたけれど。

「いや」

すぐに舵さんは首を横に振った。

「poetring に載せたのは、近藤だった」

「じゃあ、近藤さんの？」

「そうじゃないんだ」

僕は眉を寄せる。

「雑誌に載せたのは、金田ってな、明日田の本名だった。でも、poetring には、近藤のアカウントで載っていた。完全に一緒なわけじゃない。けど、これは同じ詩だと言ってもいい程度には、似通っていた。だから、金田ってこの名前が、近藤の投稿名だと思ったやつもいたはずだ」

わかるか？　と思わせぶりな様子で、舵さんが僕に言った。僕は黙っていた。答えられなかった。息が、止まり、思わず全部を誤魔化《ごまか》すようにぬるいビールを胃に流し込んだ。

酔ってしまいたかったのかもしれない。

「……どっちが先だったかは、聞いてもいいですか」

僕はかすれた声で言った。それは、追及だった。二つの同じ詩が別の名義で存在したとして。なおかつその名義が同一人物ではない時に。どちらが先にあったのか。それは、つまり――

どちらがどちらの盗作をしたのか、ということだった。

「SNSの掲載が先だった。少なくとも、俺の確認した限りは」

舵さんは、決定的な一言は避けながらも、そう答えることで、僕の懸念を確実なものにした。合意の上ではない、盗作。剽窃《ひょうせつ》。

「きちんと確かめたりしたんですか」

何か理由があったことではないのか、間違いではないのか。もちろん舵さんも、根拠なく話しているのではないようで、行き場のない苛立ちを露《あら》わにするように、強い語調で言った。

「近藤には言ったよ。というか、その時に、SNSを通してメールをした。掲載おめでとうってな。その時近藤の答えは、自分の名前じゃないってことだった」

近藤さんは表では何も言わなかった。だがすぐに、掲載された名前が明日田さんの本名だとわかったようだった。

「後日に連絡がきた。あれは明日田の本名で、自分達で話し合うからこの話はさわらないでくれってことだった。そう言われたら、そりゃもう、当人同士の話だろう。踏み込むことじゃないし……正直忘れてたが、思い出したのは、明日田の事故のことをニュースで知った時だ」

あの世ってのは遠いもんだと舵さんは、感傷的なことを言った。

結局明日田さんの口から真実を聞くことは出来なかったと。

「近藤に、葬儀のあとに聞いたよ。あの時のことは、なんだったのかって」

からになったジョッキを持ったままで、舵さんが言う。

「わからん、つうのがあいつの答えだった。明日田が何を考えていたのかはわからない。けど、済んだことだから忘れて欲しいってのがあいつの答えだった。近藤もあの時ずいぶん消耗してた。ほぼ同時期に遠野も逝ってたんだし、まあ、仕方のないことだよな」

そうだった、遠野さんも同時期に亡くなっているのだ。人の口から語られる、過去の死はどこか軽く、実感から遠い。

生きているものが死ぬことは、きっともっと大きなことだと思うのに。それを僕だって、知っているはずなのに。

僕は残ったビールをジョッキに半分になるくらいまで、一気に呷《あお》った。気分は悪く、目眩もしたけれど、酔いよりもっと不快な気持ちがあった。

「……舵さん」

僕はテーブルに肘をついて、冷めていく揚げ物に語りかけるように言う。

「人が」

声がうまく出ない。言葉が、うまく。詰まったみたいに。

「他人の、詩を盗む時って、どんな時だと思いますか」

沈黙がおりた。それが不似合いなほど、居酒屋の店内は騒がしかった。大学生のグループが二次会だか三次会だかでやってきて、乾杯しなおしている声がする。

「……知らねぇよ」

舵さんは、ぼそりと言った。僕はゆっくりと瞬《まばた》きをした。目を閉じるみたいに。そうだ、知らない。わからない。

わかるはずもない。

店員がやってきて、舵さんの手からジョッキをとりあげた。同じ物をと舵さんは言った。僕のジョッキにはまだ黄色い液体が残っていた。

探偵くん、とため息まじりに舵さんが言う。

「お前に何かを、調べてくれってわけじゃない。確かめてくれとも思わないんだ。近藤が過ぎたことだっていうなら、それは過ぎたことなんだろうよ」

それはそうだった。僕は探偵としてはあまりに無能で無力だ。追跡者とさえいうのもおこがましい。精々《せいぜい》が、墓荒らしぐらいだ。

それでも、舵さんは、僕を引き留め、そしてこの話をした。

それには、理由と、目的があるはずだった。

舵さんは僕に何も依頼はしなかったけれど、彼の語ったことは、僕には、これまでのあらゆる対話、あらゆる思考よりも、重く大切な言葉のように思えた。

「ただ、明日田は、あいつは」

最後に舵さんは、こんな言葉でまとめた。

「それでも、天性の詩人だったような気がするんだ。化け物みたいな、やつだったよ」

天性の詩人。その響きのなんと重いことだろう。詩人は人間から逸脱しているものなのか。いつか歴史になるのか。神になるのか。もしくは生きて文筆家になったり、歌うたいになったりコピーライターになったり、あるいは何者にもなれなかったりするのか。

彼が詩人だったのは、死んでしまったからなのか。

「僕は」

譫言《うわごと》みたいに僕は言う。もう終わったという言葉が頭の中に響き、何も終わっちゃいないと自分の中で何かがわめく。

事故なんかじゃない。その死は――

自分で選び取った死ではないのかと言いたかった。天性の詩人が、その天の意のままに。

「僕は……」

僕にとっては、はじまったばかりだ。そしてようやくたどりついたんじゃないか。夕暮れの教室、わら半紙の裏、誰かが朗読をする声。

失ったものと、その理由。

何を探すのか。なぜ探すのか。いつまで探すのか。

……だって、僕は、僕は探偵だ。

僕が、探偵なのだから。

酔いが回ったと舵さんが言った。僕はビールを飲み干すことも出来ず、結局支払いも舵さんが持ってくれた。

地上へ出ると、じゃあな、と舵さんが言って。

「また」と僕は、頭を下げた。

僕らはまだ、最後の別れではないのだろう。それは僕がまだ、暴きたい謎があると、いうことでもあった。

もしくは、この謎のために、この命題のために。

ここまで暗い道を手探りで進んできたのではなかったか。


バスから降りた瞬間、頭が割れそうなほどの蟬時雨《せみしぐれ》が耳についた。聞いたことのない高い密度だった。夏の終わりを喚《わめ》き散らしている。断末魔《だんまつま》だと思った。

明日田さんが勤めていたという私立大学は、山の中ともいえる郊外にあった。僕の通っていた国立大学もまた同じだったけれど、必要な敷地のことを思うと仕方がないのだろう。

夏休み期間で間引き運転をされた、本数の少ないバスを降りて、この坂を上がらなければならないのかと階段を仰ぎ見た。

今は八月の末で、この学校がいつまで夏休みかはわからないが、学校がある時期はここからまだ上にのぼる連絡バスがあるらしい。用事があったのは丁度この階段の途中だったから、いずれにせよ足でのぼる必要があった。

人の気配は少なく、蟬の声ばかりが耳の中で反響している。

日差しはあまり強くなかった。薄い雲が空を覆《おお》っていて、そのうち一雨きそうだったが、蟬はそれでも鳴くことをやめない。

舗装された道路の脇にある、急な階段をのぼっていく。運動部がトレーニングに使っていそうなその階段の、傍《かたわ》らにある手すりは新しかった。明日田さんの事故を受けて設置されたのかもしれない。

階段をのぼりながら、冬は雪深い坂なのだろうということを考えた。温暖化だ暖冬だと言われて久しいが、ここも雪国と呼ばれている土地だ。ある程度の標高になると、突然積雪量は山間部のそれに変わる。

僕も大学在学中、この山とはまったく別だが、麓《ふもと》のバス停で乗り込んだまま居眠りをしていると、終点に着く頃には銀世界という体験を何度かした。それと同じで、この大学だって雪が深いのだろう。熊だって出るかもしれない。幸い今は夏だから、大きな蜂ぐらいしか気をつけなければならないものはない。

やがて階段を数十段のぼったところで、僕は足を止めた。

道のわき、手すりの向こう側に、ガラス瓶と、しおれた花束が見えた。数年前のことだし、亡くなったのは冬のことだ。けれどももしかしたら、盆に誰か、手を合わせにきた人がいたのかもしれない。

僕はそこに、バイト先の近くのデパートの花屋で買った、小さな花を供えた。家の墓参りも億劫で、ここ数年は親についていくこともしないのに、こうして道で花を手向けるのは不思議な気持ちだった。

手を合わせる。別に、誰に祈るわけでもない。ご冥福《めいふく》だって。そんな筋合いはどこにもないだろう。

ただ、彼の詩について思った。死ばかりを書いた彼の詩について。図書館で一日雑誌のバックナンバーを紐解き、《箸》というタイトルの詩も読んだ。

——これが喉の骨だと叔母が言う。

その一言からはじまる《箸》の詩は、火葬が終わり納骨の情景をうたった詩で、舵さんの言うことが本当ならば、この掲載よりも先に、近藤さんの名前でSNSに掲載されていた。近藤さんには結局、真相を尋ねることは出来なかった。携帯には番号があったけれど。

聞きたい気持ちは強くあったが、なんと聞くのが正しいのかがわからなかったからだ。

調べてみれば明日田さんは亡くなるまでの数年間、金田の本名で何十という詩を雑誌に寄稿していた。もしかしたら、新人賞に投稿していたかもしれないし、個人誌を制作していた可能性もある。

とても精力的な詩人だった。間違いない。彼はどんな風に飯《めし》を食っていようと、どんな仕事をしていようと、きっと、詩人だったのだ。

彼の、死ぬ間際の詩も読んだ。《木》というその詩は、まるで自分の最期を暗示するかのようだった。

不幸にも死んだりすることがなければ、もっとたくさんの詩を書いていたかもしれない。もしくは、生き急いだからこそ、これだけの詩を残せたのか。そして。

この中でどれほどのものが、「彼」の詩なのかということを考えている。僕は結局そればかりが気になっているのだ。探偵じゃなくて霊能者ならよかった。幽霊から話を聞きたかった。

人が、他人の、詩を、盗むことは——

罪か。罪じゃないとするのならばどんな時で、どんな理由で、どんな気持ちで、どんな風に。

それから、人の詩を奪ったままで。

死ぬのは、どうしてなのか。

それを僕は知りたいのだった。

もちろん、明日田さんの死が事故だということはよくわかっているつもりだった。僕の望む答えはここにはきっとない。けれどようやくここまでたどりついたのだと思った。ここまで歩いてきたんだと。僕はしばらく考えたあとに、重ねていた手を離して、身体を坂の下ではなく上に向けた。林を抜ける形で、大学の校舎が見えてきた。

けれど背の低い門扉は、閉じられていて。

僕は呆然と佇《たたず》み眺めていた。不思議な気持ちだった。自分の通っていた国立大学の校舎はいつでも開け放たれていた。長期休暇の間も、図書館は開いていたような気がするし、人の出入りは多くはないが途切れることもなかった。

と、門の奥から人が歩いてくるのがわかった。車の間をすり抜けて歩いてくる、白髪で痩《や》せた男の人だった。生徒には見えなかった。僕を見とがめたように、はっきりこちらを見ながら歩いてきたので、

「すみません」

誰何《すいか》される前に、僕は尋ねることにした。

「今、学校は入れないんですか」

いかにも学者然としたその人は、近づいてみれば眼鏡の奥で優しい目をしていて、すぐ傍ら

を指さしながら言った。

「門扉は閉まっているが、向こうの駐車場から入るのが早い」

それが閉校期間の通用口らしかった。僕のような部外者にも嫌な顔をせず、門扉の太い格子の向こうから穏やかに言った。

「ここの学生？　ではないよね。さっき、のぼってくる時に、車の中から見たよ」

金田くんの知り合いかね。そう相手は続けた。その名前が出たことに、少しばかり呆然としてしまった。

車で、坂で。その通りだし、予想もしていたことなのだけれど。

車で、坂で。思考が追いつく前にその人は言った。

「花、供えてただろう？」

その言葉に、僕は目を細めた。確かに花を供えてはいたんだけれど。知り合いとか、友達とか、そのように言われるたびに、心が痛み、困惑してしまう。そしてうろんな返事をしてしまう。

「知り合い……とも言えないんですが……。亡くなっていることを、最近、知って……」

彼をご存じですか、と尋ねると、「同じ棟の学部で教えていてね」と頷いた。

「面白い人間だった。かといって非常識ではないし、真面目な人だった」

「文学部ですか？」

「いや。教育学部の理学科だ。金田くんはもともと数学が専門だったはずだが」

どうして？　と言外に聞かれて、僕は視線を外しながら答える。

「その……金田さんが、詩を」

「ああ」

僕の呟きに得心したように相手は頷いた。

「確かに彼は詩作が趣味だったね。いや、趣味以上のものだったのかもしれない」

趣味。趣味以上のもの。僕もまた、詩作が趣味かと聞かれたら、首を傾げてしまうことだろう。

少なくとも、同僚ともいえる立場の人が知るほどには、詩は彼の人生に深くはっきりと食い込んでいたようだった。僕のことも、その同志だと思ったのだろう。

雲の隙間から日差しが注ぐ中で、辛抱《しんぼう》強く僕と話してくれた。

彼がこの大学に講師として着任したのは亡くなる数ヶ月前のことで知人も少なく、早くに家族を亡くしていたということ、亡くなった翌日は日曜で、発見が遅れてしまったこと、それらがみんな悪い方に転んでしまったと。

未来のある若者だった、とても残念だとその人は言った。そして、

「彼の詩集はもらった？」

何気なく聞かれた言葉に僕は眉を寄せる。

「詩集？　個人詩集ですか？」

「自費出版だよ。これから色々な賞に送ってみると言っていた。その矢先だったんじゃないか」

僕は今持っていないが……としばらく黙って。

そうだ、とその人は言った。

「文芸部に行けば、彼の詩集があるだろう」

顧問というわけでもなかったが、出入りしていたサークルがあるらしい。その部室に、彼の詩集があるらしいということだった。

「見たいです」

僕が反射的に一言だけ告げると、男性は頷いて、部室棟の場所を詳しく教えてくれた。

「休講中だが、部室棟の空調は効いているし、文芸部には確か常駐している学生がいたはずだ。文学部の寺木《てらき》から紹介されたと言っていい」

そう言ってくれた寺木先生に、お礼を言うことぐらいしか出来ず、僕は通用口からおそるおそる、大学の敷地に足を踏み入れた。

静まりかえった知らない大学の敷地内を歩きながら、僕は自分の大学時代について思い返していた。

大学では死んでいるみたいに過ごした。ひとりきりで、静かだった。多分穏やかだったと言ってもいいだろう。

高校まで腐れ縁で一緒にいることの多かった棗《なつめ》も進学で別れたし、県境や学校区の分け隔《へだ》てなく学生の集まる大学では、自分のことを知る人よりも、知らない人が多かった。そのことが、僕の呼吸を楽にさせてくれた。

大学で一番覚えている光景は、敷地内の芝生に停められていたバンのフロントガラスに『売ります』という文字と携帯の番号が書かれていて、バンの隣に寝転んでいる学生がいるものだ。そういう、自由で、誰にも邪魔をされない、時間が止まってしまったような退屈さが居心地よかった。

僕はそこで、卒業の単位をとることに専念し、時間があれば図書館にこもり、そうして、積み木でタワーをつくるように、静かに詩を書いていた。

四年目までそういう風に過ごして、真面目な学生ではあったけれど、当然のように就職には向かなかった。やりたい仕事もなかったし、誰かに特定の職種を勧められることもなかった。このままでいたいと思いながら、当然のことを誠実にこなした結果、卒業という形で大学から出て行かなくてはならなくなった。

進学して研究するにも先人に興味はなかったし、浪人するにも、家族に気が引けた。実際長い、人生の夏休みだったのかもしれず、そのまま夏休みの気分を捨てられないでいるのかもしれない。

そういうことを、構内を歩きながらつらつらと思い出した。

寺木先生の教えてくれた部室棟は、中に入ると廊下にも冷房がかかっていた。アパートのように郵便受けが並んでいて、そこから『文芸部』と書かれた号室を把握する。

他と同じように綺麗な建物だったが、荷物は乱雑に置かれて、壁はポスターなどであふれていた。

『文芸部』と墨書きされた貼り紙のドアの前で、僕はしばらく躊躇《ためら》う。上部の磨《す》りガラスから、中に電灯がついているのはわかった。けれど人の気配は感じられない。

僕は、中高生時にも部活動に参加したことはなかったし、大学に入ってもサークルには入らなかった。

中学生の頃の文化部といえば科学部とパソコン部くらいしかまともな活動をしていなかったし、そもそも誰かとつるむことが嫌いだった。

書くことについて、語り合うことも好きではなかったし、誰かと一緒に切磋琢磨《せっさたくま》して書くことが尊いことだとも思わなかった。そこで生じるであろう、将来への期待にも、他人が諦めた時の落胆にも、つきあいきれないと思っていた。

誰かの書く物について、そして誰かが自分の書いた物を読むことについて。どうせ、そうじゃないと言い続けるだけの行為ならば。

出会わない方がいいと思っている。

読んで欲しくないと言ったら嘘になるけれど。

誰に読んで欲しいのかはわからないのだ。

そんなことを思いながら、考えていても仕方がないと諦めた。大人になって得た数少ない処世術と、コミュニケーション能力のひとつとして、諦める、ということがある。

諦める。期待しない。それだけで、思い切りがつく、こともある。

ドアの鍵は開いていた。

僕は無言で部屋に入った。ききすぎた空調が身体を包み、古い木材みたいなにおいがした。部屋のいたるところはもので溢れていた。びっしりと敷き詰められた棚と、溢れる紙束、それから乱雑に段ボール箱が詰まった棚。中央には長机があり、その周りにパイプ椅子をつなげる形にして、人が、寝ていた。

「……あの」

電気はつけたまま、枕もなく自分の腕をアイマスク代わりにした、体格のいい人だった。目元は隠されていたが、無精髭《ぶしょうひげ》がはえているのがわかった。シャツに半袖の上着を着て、靴ははいたままだった。

ぎょっとしたあと、まごついた。一方で、大学生らしいとも思った。芝生で寝転んでいた人を思い出したせいかもしれない。ここは僕の知らない大学ではあるけれど、大学という場所は、いろんなものを、無視して無頓着《むとんちゃく》で、包括して許容するはずだ。死んだような人間も、生かしておいてくれるような。

ふと、寺木先生が、「常駐」という表現をしていたことを思い出した。この人のことなのだろうか。

「すみません」

思い切ってもう一度声をかけたら、閉じた瞼《まぶた》をそうするように、ぎゅっと拳を握って腕が動いた。どこか、思い切ったような動作だった。僕が入ってきていたことに気づいていたのだろうか。本当に寝ていたのかどうかもわからない。

「何?」

横になったまま、顎をひいて、潰れた声で僕に尋ねた。若々しさはあまりなかったが、それが年齢のせいなのか、くたびれた容姿のせいなのかはわからなかった。

目を細めて僕を見たあと、腕を伸ばして、机の上から黒フレームの眼鏡を取ってかけた。

「誰?」とそこでようやく、僕が初対面だとわかったようだった。

「外部の者です。寺木先生に、ここのことを聞いて……」

ゆっくりと学生は上半身を持ち上げて座り直した。邪魔そうにのびた髪をひとつにくって、服は皺《しわ》くちゃだったけれど、顔は端正で、まとう空気は少し疲れていた。

「ここに、詩集が……。以前、この大学に勤めていた金田先生の、詩集があるって聞いて」

僕の言葉に、ぼんやりと視線をずらしながら言った。

「金やんの、友達か、なんか……?」

不明瞭な口ぶりだったけれど、その言い方の気安さに驚いてしまった。

「いえ、友達ってわけじゃないんだけど。貴方《あなた》は——」

友達でしたか、と聞きたかったけれど、ふさわしくないような気がして、言いよどんでしまう。

「金田先生の教え子さんですか?」

しばらく考えて、違うだろうかと思いながら、言ってみた。案の定、「いや」と彼は否定した。

「金やんの授業はとったことなかった。まあ……サークル仲間？　仲間ってのも、変か……」

留年を重ねて家を追い出されてここに入り浸りはじめた頃に、金やんが赴任してきて、と言うので、驚いて瞬きをしてしまった。明日田さんが赴任したのは四年前のことではなかったのか。だとすれば。

「卒業生ですか？」

僕の言葉にその人はぐいっと顔をゆがめて笑った。

「いや、学生。卒業してない生」

ああ、と思う。彼の身分を正確に理解したわけではなかったけれど。なんとなく、そうか、と思ったのだった。

「詩集な」

彼は立ち上がると、近くの段ボールの中を漁りだした。その背中に問いかける。

「金田先生は、ここによくいらっしゃってたんですか」

「まぁ。最初は学生かって思った」

あ、あった、と彼が取り出したのは、一冊の本だった。半ば放り投げるように、それを僕に寄越した。

ソフトカバーの、凝った装丁のものだ。真っ黒の表紙に、白字で『追走』というタイトル。名前は金田という本名だった。知らない出版社の名前もある。ＩＳＢＮの表記はなかった。

「持ってっていいよ。まだ、箱であるから」

気安い調子で彼はそう言った。けれど僕はこの遺作ともいえる詩集を受け取る立場にあるのかわからなかった。同時に、彼自身も、それを自由に部外者に無償で渡すことの出来る立場なのかどうかも。

「ここの部員なんですか」

とりあえずそれだけを聞いた。彼はこった筋肉をほぐすように首をまわしながら、小型の冷蔵庫から飲み物を取り出した。僕に勧めることはせずに。

「まあ、そうなるかな。別に何も書いてないけど」

と不明瞭な調子で言った。それからぽつぽつと、下宿の電気代を節約するため、夏は暑いからここにいるし、冬は寒いからやっぱり大体ここにいる、というようなことを言った。

直感以外のなにものでもなかったが、彼はここの住人なのかもしれないと思った。そういう人間が、大学にはよくいる。いつ訪れても、何時でも、大体そこにいる、というような人が。

僕はそっと音を立てないようにして、パイプ椅子に座っていた。歓迎はされていなかったけれど、邪険にされる様子でもなかった。何より、この詩集が文芸部の所有物で、僕が受け取っていいものではないのなら、ここで読んでいきたかった。

そして。

「金田先生が亡くなった時のことを覚えてますか?」

旧知の人間にも出来ないような自然な言い方で、切り出すことが出来た。

人が死ぬこと、は特別で不思議だ。その思い出話は、生きている人をつなぐ。多分死ぬこと自体が残す爪痕があって、そこに共感を覚えるのかもしれない。もちろん、その爪痕に大きな差がある場合は、溝にしかならないけれど。

学生は取り出したペットボトルに口をつけることはしなかった。ラベルをよく見るとコーラだった。僕は川に沈めたコーラを思い出していた。

「覚えてるっつうか……」

眠そうな声で、目をあわせずに学生は言う。

「あの夜、金やんと、最後に会ったのも俺なんだわ」

僕は驚いて目をむいた。一瞬学生の顔に秘密を打ち明けるような光がやどって、けれどそれも泡のように意味をなさず消えた。

そして、忘れがたい思い出を語るように、何度もたどった道を歩き直すようにすらすらと彼は言う。

「むっちゃ雪だった。すげー雪。ほんと、この辺冬ははんぱなく降るんだよ。その中でも、すっげー雪の日だった」

そんな日に何をしていたのかと聞いたら、「ファミコン」と答えた。顎で示した先には古ぼけたブラウン管テレビと、もうどこにも売っていないような古いゲーム機が置いてあった。

「俺はもう帰るのが面倒くさくなって、その日もここ、泊まっていくつもりだった。金やんは帰る前にここに寄っていって……」

明日田さんは学生にこう言ったらしい。

『まだいたのか、悪い、今日は送ってやれない』

その言葉に僕は不思議そうな顔をしていたんだろう。学生はふっと笑った。

「別にいつも先生を足代わりに使ってたわけじゃない。ただ、たまに、遅くなってここに電気がついてる時に、そうやって声をかけてくれたんだ。送ってくっつっても、山の下までだけど。とにかくその日は、用事が出来たから先に帰るってわざわざ言いにきてくれて」

待っていたわけでもないし、ひとりで帰れないわけでもないのだという。ただ、気が向いたら、乗せてもらっていたと学生は言った。

「俺だけじゃねえし、まあ、あんな時間まで残ってるようなのは、大体俺だけだったけど……」

「何時くらい？」

そう聞いたら、「十一時」と学生は答えた。時間にすれば三年も前の話だが、考えるようなそぶりもみせなかった。

「警察にも聞かれたし、覚えてる」

と付け足して。

「コートも何も着なくて大丈夫なんすかって聞いたら、どうせ車だからって」

そうして彼らは別れたらしい。

翌朝になっても、雪は弱まったもののまだやむことはなかった。

明日田さんの遺体は夕方に見つかった。

死因は、凍死。けれど、脳しんとうを起こしていたかもしれないそうだ。急な階段で足をすべらせて頭を打ったのか。結局は、不幸な事故死として処理された。学校側の責任も問われたが、結局どういう責任の配分になったのか、詳しいことは知らないと学生は言う。

そこまで語った学生は少し考え込むようだった。僕は、手元の詩集をまだ開けず、言葉を選びながら、小さな声で聞いた。

「おかしなところとか……なかったですか」

彼が最後に会ったとするなら。多分、それもまた何度も聞かれたことだったのだろう。鼻を鳴らして小さく笑う。

「なんだ？　あんたもそう思ってんの。まあ金やん、あんな詩ばっか書いてたし」

顔を歪めて、複雑そうな表情で、彼は僕の手の中の詩集を見た。あんな、詩。何を書いていたか、よく知っているのだと思った。

ここには人の死が詰まっている。それに対する言葉が。思いが。どこにもいけない思想が。そしてそのことを、覚えている人がいるのだと思った。彼がどんな人間だったかは関係ない。ただ、彼がどんな詩を書く人間だったか。

僕は少し震える指でその詩集を開いた。そこには踊っている死があった。楽しげに。《塩斎》の詩もあれば、《箸》の詩もあった。他にも、たくさん。読み解くには時間がかかりそうだったが、すでに何を書いているのかは痛いほどわかった。

この詩集は、彼の死に影響を与えただろうか。

こんな詩ばかり書く人間が。

どんな終わりを迎えるのがふさわしいんだろう。

「……わかりません。でも、わからないので、知りたいと思って」

僕は何度も繰り返した言葉をまた告げる。まだ、わからないのだ。僕はまだ何もわからない。何を聞いても。何をさぐっても。答えを見つけるどころか、近づけたとさえ思えない。

「うーん……本当のところはどうだか、知らんけど。死にそうな感じはなかった。けど、どうだろうな」

ぼんやりと学生は宙を見た。

「あれで変な先生だったしなぁ」

その、気安さが、喪失を感じさせた。悼《いた》んだり、悲しんだりしない、ということが、ぽっかりあいた穴のようで。

僕はなぜか、わかる、と思ってしまった。泣いたり、嘆いたり、そういうことじゃなくて、ただ、引きずられて、暗くなる。浮かぶような、落ちるような、段々と浮力をなくしていく風船みたいな不思議な感傷。

「どんな風に、変、でしたか?」

うーん、と考える時間があった。別れた夜のことよりも、死んだ彼自身の方が、不明瞭でおぼろげであるのかもしれない。

それから言葉を選んで、言った。

「何考えてるかわかんないようなとこがあった。先生なのにサークル活動に熱心でさ。最初に来た時はずいぶん老けた新入生だと思った」

「やっぱり、詩を?」

「ああ。変だよな。文系の先生ってわけでもないのに」

それが変かどうかは僕にはわからなかった。文系を出て文学部を出た、僕も、自分のことを詩人として王道を行っているとは思っていない。

「あんたは?」

突然水を向けられ顔を上げる。

「金やんのこと何で知ったの」

「詩の……集まりで」

ぼそぼそと答えると、マジか、と学生は呆れたように言った。

「ほんとに真面目に詩を書いてたんだ。なんで大学の講師なんてやってたんだろうな」

純粋な疑問だった。こうして大学に籍を置く学生の彼が、そういう疑問を抱くということは、彼から見ても、明日田さんには講師の職よりも大切なものがあるとわかったということなのだろう。

仕事は多分、生きるためだ。

詩では飯が食えないから。

女の詩人は生き残る、と言っていた人がいたことを僕は思い出していた。そして、人を教える立場にありながら、精力的に詩をつくり続けた明日田さんの胆力《たんりょく》を思って嘆息した。

そしてその一方で、彼も亡くなってしまったのかと、むなしいような儚《はかな》いような気持ちにもなった。

「亡くなる、前兆とかは……」

僕の言葉に学生は笑った。唇を斜めに引き上げるように笑った。

「事故に前兆とかないでしょ」

馬鹿にするような、責めるような口調だった。僕は詩集に目を落としながら、そこに収録された、《塩斎》という詩のページを開いて、言う。

「自殺、だったんじゃないかって思うんです。彼が、事故みたいな形だったかもしれないけど、結局は」

「なんで」

そう、学生は聞いた。

僕は言葉に詰まる。そう、なんで。どうしてなんだと僕は聞きたい。目的が先か。事実が先か。動機が先か。根拠が先か。

お前が間違っているのだと言われたら、反論は、出来ない。その通りだとさえ思う。その方がいいって、ずっといいって思う。

でも、僕は、知りたい。

そこにある心を。そこにあったかもしれない気持ちを。

ページをめくる。《塩斎》の詩が、目に飛び込んでくる。

真っ白な、死に様。

雪は、まるで塩のようではなかったか？

腐りもせず、異臭もさせずに。彼の理想では、なかったのか。

「――たとえばこれらの詩が、彼の、望むものだったとすれば」

詩集を開き、見せる。

「自殺が完成だったたって、思いませんか」

「思わん」

返答ははやかった。どこか不機嫌な声で学生は言った。

「俺は書かない人間だけど、読むのは好きだ。金やんの詩は、読むに堪えうるものだったと思う」

その答えに、僕はひっそりと、詩集を閉じた。彼は覚えているのだろうかと思う。覚えているだろうか、明日田さんの詩を。そらんじることは出来なくとも、読んだ、ことを覚えていて、その印象と、存在を胸に抱いている。

僕の根拠のない失礼な言いがかりを、それ以上学生は責めなかった。ただ、

「あんたも詩を書いてるの？」

と僕に尋ねた。

僕は曖昧《あいまい》な表情を浮かべながら、小さく頷く。このごろは、全然書けてないけれど。書けて

いないことが詩人でない証明にはならない、と脳裏で棗がわめく。バス停で聞いた断末魔の蟬時雨みたいに、そのイメージだけで心に障る。不愉快に。

へえ、となんの感慨もなく学生は受け止めた。僕に対して。詩がいいことだとも、詩を書いていることで死ぬのかとも聞かなかった。詩なんて生き死にに関係ないという顔をした。

彼は多分絶対的に正しいと思った。

そして一方で、死した明日田さんの詩を「読むに堪えうる」と言った彼は、僕の詩を読みたいとは言わなかった。当たり前のこと、当然のこと、間違いでもないし、言われたって嬉しくともなんともない。

けれど唐突に、むなしくなってしまって。自暴自棄のような、気持ちになって、

「……金田、さんに」

僕は言っていた。特に深い考えもなしに。

「仲間うちで、盗作をしたという噂がもちあがってるんです」

言いながら、これは故人を貶《おとし》めるようなことだ、と僕は思った。けれど学生は、特に衝撃を受けた風でもなく、自然に答えを紡いだ。

「ああ、気にしないって言ってた」

え？　と僕は言う。学生は頷いて。

「織り込み済みっていうか、公式と一緒なんだって。金やんには」

「公式？」

「よくわかんないけど、数学とか？　人の詩も、すぐ覚えてしまうし、ふとした時に出てきちゃうんだって。頭いい人間の言うことって、俺わかんねーけど」

僕は混乱していた。胸がざわめいた。学生は遠い何かを思い出す口調で、言った。

「人の頭に残ることは、正しさの証拠だ、って」

「泥棒ですよ」

僕は言っていた。糾弾《きゅうだん》したいわけじゃなかった。責めたいわけじゃない。いや、責めたいのか？　死んで許されることなんて何もないはずだから、彼を……他の誰もしないなら、僕は。

僕の役目はなんだ。

警察じゃないし。

裁判官でもないはずだ。

「まぁな」

ぼんやりとした様子で、学生は息をついた。肌寒いほどの空調でなお汗をかいたペットボトルの蓋を開けて、あおって、

「でも、生きてたら、なんかになってた気もする」

と呟いた。

「習作とかやめて、新しい道を開いて、そして金やんが何者かになって……盗んだパンにも感謝してたんじゃないのか。いや、そうじゃなくても」

パンは人を生かしたんじゃないのか、と彼は言った。

でも、それは、生きていたのならという仮定の話だ。彼はもう、ここにはいなくて。パンはすべて、無に帰した。

そこに、死の絶対的な力も感じたし――

その一方で、死の決定的な無力さも感じた。

学生は続ける。

「金やんは、自分は詩を書けて幸せだけど」

詩と幸福。それはどこか、対極にある二つの概念だと思う。

「自分の詩は人を不幸にするって言ってた」

詩と不幸。その、悲しいほどの調和は。何を示しているんだろう。

「そんなもんかな。だから……なんだろうな。本当は、たくさんの人に読まれて、誰かを幸せに出来てたら……」

いや、と学生は呟いた。自分の思いや、願いを打ち消すように、

「幸せになんてなんねぇか」

どうなの。

詩って。

僕は、どうでしょう、と小さく答えた。

どうでしょうね。

誰かを、幸せにすることなんて。

詩以外のものにもそれほど簡単ではないことが、詩に出来るんだろうか。僕は疑っている。詩の可能性。詩の力。詩の未来について。

絶望するのは容易《たやす》くて、やめることだって簡単だ。そもそも、やめてない、手放してない、諦めてないと、どうやって証明出来る？

目の前は暗く、ひっそりと静かで音はしない。

黙ってしまった僕を前に、学生は欠伸《あくび》をした。まどろみを欲するような大きな欠伸だった。

そしてペットボトルをまた小さな冷蔵庫に押し込んで、「たまに」と振り返らずに、呟いた。

「たまに、またひょっこり来るんじゃないかって思う時がある。さっきも寝惚《ねぼ》けて、ちょっと思った」

ここのドアの鍵を開けて。あの日のままで。そう考えてしまうのは、そう考えられるのは、残された者に許された、特権か。それとも、傷跡なのか。

「……だから、ずっとここにいるんですか？」

僕が、問いかけたら。乾いたように、学生は笑った。

「そんな感傷的なもんじゃねぇよ。卒業するのが面倒なだけ」

笑いながら、そう言って。明日田さんの詩集が入った段ボールを見下ろした。話して、笑ったら、少し楽になったようだった。本当のところは、わからないけど。

もういっか、と彼は言った。

「そうだな、もういいや。アンタ、これ、全部持って帰ってよ。誰かに見せてやってくんない？　そういう知り合いがいたらさ。金やん、知り合いには送ってたみたいだけど、これだけ残ってるし」

追悼展示とか、そういうの出来たら本当はよかったのかもしれないけどさ、ばたばたしてて、いつの間にか。埃《ほこり》をかぶらせておくのもしのびない、というようなことを言って、僕に残った詩集を渡してくれた。

もらっても、どうすることも出来ない。渡せるのなんて、いつものメンバーくらいだし。当時交遊のあった人は、もう持っているだろう。

もしくは、棗とか。どうしてくれるとも、思えないけれど。

僕が考え込んでいることに気づいたのだろう。肩をぽんぽんと叩いて言った。

「俺がいなくなったら、知ってるやついなくなるしさ」

「するんですか、卒業」

そう、聞いたら、

「限度があるのよ。八年で退学。だから、どうなるかはわからんけど、どうにかはする」

簡単に答えた。人生は簡単ではないし、生きていくのも簡単ではない。乗り越えなきゃいけないものなんてたくさんある。けれど、踏み出さねばならない。いつかは。

「詩人だっていうアンタに、渡せてよかった。金やんにも、ちょっとは顔向け出来る」

あれ、あんた、詩人だっけ、と同じことを学生は聞いた。

僕は、俯《うつむ》き、目をつむり、また開いて、顔を上げて言った。

「詩人です」

詩人で、探偵です、と、僕は言った。

その答えに、彼は面食らったようだった。唇の端を曲げて笑った。そして何かを言う前に、

「すみません、僕と」

僕は言っていた。その時どうして、そんなことを言ったのかわからなかった。

「一緒に読んでくれませんか。この詩を」

わからない、けれど。

それが、力、だったんじゃないかと思ったのだ。明日田さんにとって。彼の詩を、読むに堪えうる、と言ってくれた人がいたことが。

力になることを、僕は、知ってしまっている。

その時脳裏に浮かんだ、能天気な顔を、ゆっくりと消しながら。


冷房の効いた雑然とした部室で、かつて彼がいたはずの部屋で、詩人の詩集を開く。

その前に、学生の名前を聞いた。「江藤《えとう》」と彼は名乗った。

江藤くんと語り合う形で、僕らは明日田さんの……彼にとっては、金田さんの、詩を解体する。

どういった傾向を好み、どんな挑戦をし、そして何を書こうとしたのか。

その中で、明日田さんが口にしたという、公式、ということを考える。公式とは暗記される

ものだろう。優れた詩は人の心に残る。記憶され、暗唱され、歌のように受け継がれることもあるかもしれない。

けれどそれは、盗作してもいいということではない。自分の名前でそのまま発表するということになれば、なおさら罪深いことだ。

だと思うけれど、断定するわけではない。

僕は世に出ていない。認められてもいないし、多くの人から賞賛されてもいない。だから、そういう人達が、本当は他人のものを自分のものとして再生産していたとしても、非難する資格さえないのかもしれない。

人のものを盗むことはいけないことだ、と大人は言う。

その一方で、教科書に載っている詩を暗唱させる。その二つの行為に矛盾はない、けれど。なら、言葉は。言葉はどこからくるだろう。身のうちから湧き出る言葉は、本当に自分の内部から浮かび上がるものなのか。

新しいものを追い求めるためには、古きを知る必要があるのではないか。

そしていつか何かを成した時に、本を出したり、賞をもらったり、誰かの心を震わせたり、救ったり、傷つけた、その時に、詩は何かの力を発する。

それは間違いなく、死の力ではなく、何者かになる生きているものの力じゃないのか。

僕は何者でもない。ただ、その生き方は詩人かもしれないし、今は、探偵だと認識されている。名乗っている。推理なんてしない。調査なんてしない。ただ、知りたいだけだ。探したいだけだ。

詩を書いて生きるって、どういうことなのか。

その、生と死を探るのが、僕が自身に課した命題だった。

詩と向きあうことで、見えてくるものがあるのならば。

本当に僕が見なければならないものは、そこにしかないのだろう。評価はしない、評論も出来ない、解釈も確かではないし、難しいことは言えない、それでも——

そこに魂があることを僕は知っている。

僕はそして詩集を紐解く。

「死以外のモチーフは、金やんはほとんど書かなかった」

ぽつぽつと思い出話のように江藤くんは呟いた。

「多角的に、いろんな方向から言葉で光を当てるべきなんだって言ってたな。希求するわけじゃない、とも」

言葉で、光を当てる。

明日田さんにとって詩は、灯《あか》りのない黒い空間なのだろう。いろんな人がそのように、感じるように。

「そうだ」

思い出すみたいに小さく江藤くんが笑う。

「金やんが来てすぐ、一年生だったか二年生だったか、ちょっと頭のおかしい女子部員がいてさ。まあ、ありがちな、自傷行為を見せつけるようなやつだった。そいつに金やんは真っ直《ます》ぐ声をかけてたな」

彼はこんな風に言ったのだという。

『いろんな人が君の気持ちを詩で表現している。けど、どれも平凡で似たような言葉だ。全然特別なものじゃないんだよ、その言葉』

その子は、一体どうなったんですか？　という僕の問いに。「やめちまったな」学校も、と江藤くんは言う。

彼の詩は、言葉は、別に誰も救わないのだ。僕は少し胸のすくような、それでいて苦いような気持ちになった。

詩集の最初にあったのは《雷鳴》という詩だった。

僕は爪を嚙みながらその詩を読む。こんな風に紡がれていた。

筆無精の君から便りがきた。／年の終わりに、正確には君の家族から。／生きてる時はメールの返事もろくに寄越さなかった、君の／最初で最後の手紙だった。／もうすぐ訪れる年明けに／おめでとうは言わないらしい。／奇遇だね、僕の家でもしばらく前にうさぎが死んだ。／赤い眼をしたつくりものみたいに白いうさぎだ。／君の道行きがさみしくないように、君にやるから。／名前は好きに、つけてくれ。／ほうれん草が好きなうさぎだ。／身体には気をつけろ。酒は飲みすぎるな。／雷が嫌いなところが、君とうさぎはよく似ている。

古い詩だった。日付から計算すれば十代の終わりの詩だ。

一貫して死に寄り添っているこの詩集のはじまりは、きっとなじみのあった人の訃報を描いたものだ。

詩人は、よく死ぬものなんだということを、僕は江藤くんに説明が出来なかった。そう断じていいのかわからなかったし、ここに書かれているのも詩人なのかはわからない。

ただ、詩を書いていると、誰かを亡くすことは多い気がする。

そして自伝のような《父母》の詩が続く。


十二の時に母を亡くし／十九の時に父を亡くした。／天涯という場所がこの世にあるのならば／それはここだとつま先を指す。／大人は僕に優しくしてくれた。／それは死が順番にやってくるということを／身をもって教えてくれることだった。／たからくじのような博打の対価。／交換場で死が詩にかわる。／僕はひとりで口ずさむ歌を覚えた。


続いた死が、彼の詩魂の形を縁取ったのか、それとも詩人としての魂が、周囲にありふれた死を鮮やかにしたのかはわからない。

いくつか連作のように続く、近しい他人の死の中に、《箸》もまたあった。

これが喉の骨だと叔母が言う。／戦中戦後を越えた人だから、／立派な骨だと世間の話。／炭化した肉は灰色。その中に、白い骨が埋まっている。／喪主でもない自分に長い箸が渡されたのは／可愛がられていた初孫だからなのだろう。／喉には仏がいるという。／それをつまめと人が言う。／心の中で、ごめんと僕が思ったのは／優しかったじいさんに、唯一いつも怒られていたのは／下手くそな箸の使い方だった。／白い骨がこぼれる。／仏が逃げる。

　個人的な体験だ。概念ではなく、経験を語った詩で、これを盗《と》る、ということはなんなんだと、胸をかきむしりたいような気持ちになった。不快ではない。否定でも、多分ない。思い切り、自分を捨てて、他人の経験までも自分の作品にとりこまんとするやり方を、もしかしたら羨んだのかもしれない。

　これは本当は彼の詩じゃないんだと、僕は江藤くんに言っていた。ふうん、と江藤くんは椅子に片脚をあげながら言った。

「でも、俺は結構、金やんらしい詩だって思ったよ」

らしさ、とは、一体なんだろう。

　詩集の中で、他人の死からはじまる死の発見は、やがてその概念に寄り添いはじめる。《真っ暗なパーティ》という詩が目についた。

大鴉が鳴く声からパーティは始まる。／たった一度の光が走る。／それが君だと僕は言う。／永遠なんてないけれど／生きた時間より永い時間に残る光を／永遠と人は見間違える。／真っ暗なパーティ、光っているのは希望。／真っ暗なパーティ、光ってるのはひらめき。／真っ暗なパーティ、光っているのは想像力。／真っ暗なパーティ、光っているのは可能性。／真っ暗なパーティ、届いたのはもういない光。／真っ暗なパーティ。君と僕が出会った記念に。

少し難解な詩だった。大鴉《おおがらす》が鳴くのは、ポーの詩だろうか。ネバーモア、と叫ぶ、はじまりの詩人のうた。

真っ暗は、やはり死の暗示だ。

そして死は、いつしか他人のものでもなく概念でもなく、自分のものへと変わる。《塩斎》の詩もここに収録されていた。

彼は死ぬ。何度でも、自分の詩の中で。

最後に書かれていたのは《木》という詩だった。

誰もいない森で木が倒れる。／その時木は、詩をうたっていたに違いない。／僕もまた倒れる時は誰もいない場所で。／詩をうたっているに違いない。／誰にも聞かせない詩を、僕のために。／だから誰もいない場所で倒れる僕を見つけたら。／どうかそっとしておいてくれ。／僕が最後に死以外をうたっていたなんて／そんなことは、決して確かめなくていい。

彼は最後に、詩をうたっていただろうか。たとえ事故だったとしても、たとえただの不幸だったとしても。聞く者なんて誰もいない場所で。

それこそが美しいというかのように。それこそが語るに足るものだというように。

他人の詩を喰らい。

人を不幸にしてもいいと言って。

そして最後に、彼の言葉、があった。詩ではなく。著者略歴にかえるような形で。それはこんな風だった。

魂の引き金を引いてくれた全ての／仲間に感謝する。／君達がこれから先書くのをやめても／僕の詩は残るだろう。／誰かのための詩などはない。／詩は、ただ、詩のために息をしていく。

誰かのための詩などはない。

奥歯を噛む。そうじゃない、という自分の言葉を、飲み込む。これは、覚悟だ。きっと、事実なんかではない。

「何か、書く物を借りられますか」

江藤くんに尋ね、真っ白いコピー用紙とボールペンを借りた。

僕はペンを取り、ひとつひとつの詩を、自分に刻みつけるように書き写した。読みにくく汚い字でしかなかったけれど。

読む。たどる。咀嚼する。かき分ける。跳躍する。その中で、イメージ。見えてくるものがある。

ロールシャッハテストのように様々な絵が脳裏をよぎり、ふと、見えた姿に僕はひとりの部屋で瞬きをする。

三日月《みかづき》が鳴く幻聴。

「この詩が、もしも」

はまるパーツ。

「だとしたら」

たどりつく答え。

「……彼は」

彼の死には、別の答えがあるのでは、ないか。僕が求めていた答えではないかもしれない。誰も幸せにならないし誰も救わないかもしれない。

僕は江藤くんに顔を向け、僕の考えの裏づけとなるかもしれないあることを尋ねる。たとえそんなことがなくとも、いやそうでなければ、否定してくれる言葉でもよかった。

答えが、ほんとうのことが、正しいとは限らない。

知らないのは僕だけなのかもしれないとさえ思う。詩に紛れながら、僕は、夢想をする。

誰もいない場所で、詩人が倒れる。

そのくちびるに、詩はあるか。


話をしませんかと僕はメールを書いた。他の誰にも、言う相手がいなかったから。『現代詩人卵の会』のみんなと、もう一度会いたいと僕は望んだ。

すっかり外は秋の気配になってしまった、九月も半ばだった。

はやるような気持ちで、僕は約束の時間より三十分も前にファミレスに着いた。

到着して、入り口で足を止める。いつも、自分達がいるはずの席に、サラリーマンらしき一団が座っていた。

喫煙席で大きなテーブルはそこだけで、禁煙ならば空席はあるみたいだけれど、どうしたらいいのだろうかと思っていたら、声をかけられた。

「こんばんは」

皺のないシャツを着た櫻木先生だった。僕はまごつきながら挨拶《あいさつ》をする。櫻木先生も先客がいることにすぐに気づき、「名前を書いておいて下さい」と言った。

僕はそういうこともしたことがないのだった。譜面台のような場所から転げ落ちていた鉛筆を拾って、紙に名前を書こうとして、どう書いていいのかわからず固まってしまう。その様子に櫻木先生は目を細めて、「櫻木、喫煙に五人と」そんな風に優しく教えられるまま、たどたどしい字でそう書いた。櫻木先生の名前であれば、みんなもわかることだろう。

席が空くのを待つ間、僕と櫻木先生の間に、不思議と言葉はなかった。櫻木先生は、自分の手帳を眺めていた。

僕は最初の夜を思い出していた。

生者の言葉で、君と話したいという先生の言葉を。生者の言葉は、死者の言葉に勝てるのだろうか。その強さは、死という傷を乗り越えられるだろうか。

その答えはわからなかった。

時間になるまでには、サラリーマン達は店を出て、僕らはいつもの座席に座ることが出来た。

「よう、探偵くん」

僕の次にやってきて声をかけたのは舵さんだった。

「今日はお前さんの主催かい」

はい、と僕は言った。はっきりとした答えだった。僕の答えに驚いたように、舵さんは眉を上げ、それから諦めたように息をついて、テーブルに座った。

次に現れたのはビオコさんだった。

「また会えて嬉しいわ」

とビオコさんは言った。それ以上は何も言わずに、席についた。ほどなく近藤さんがやってきた。

僕らはいつものように軽食を頼み、それから少しぎこちなく互いの顔色を窺いあった。

僕は深い呼吸をひとつして、まずみんなに鞄から出した本を配った。

明日田さんの詩集だった。

「彼が死ぬ間際に、つくっていた詩集です。これをお持ちの方はいますか」

しばらく沈黙が流れた。

ゆっくりと手を上げたのは――近藤さんだった。

「僕の元には届いた。けれど、すぐにあんな事故があったから……今も、まともに読めてはいないよ」

僕は頷いた。意外ではなかった。そうじゃないかと思ってもいた。近藤さんには、確かめなくてはならないことがたくさんあった。

他のみんなは熱心に明日田さんの詩集を紐解いた。

しばらく前の、僕が、江藤くんとそうしたように。そしてかつて夕暮れの教室で、誰かと誰かがそうしたように。

そうしていると、誰もがみんな、熱心な探偵のようだった。その皮肉を、僕は心の中だけで少し笑い、覚悟を決めて、言った。

「これから僕が皆さんにお話しするのは、荒唐無稽《こうとうむけい》な妄想です。推理とも言えないし、証拠があるわけでもありません」

これまでもそうだったように。

そしてきっと、これからもそうであるように。

「でも、聞いて下さい」

そして僕が取り出したのは、この集まりの一番最初に、ビオコさんから渡された詩のプリントだった。

小木屋さんの詩、夏炭さんの詩、遠野さんの詩、明日田さんの詩が印刷されていた。

「十年前、『現代詩人卵の会』のオフ会には、確かに九人のメンバーがいました。みんなに理想があり、夢があり、詩を書いて生きていきたいと願っていました」

詩を書いて生きていくということが。どういうことなのか。

それはまだ、僕の中で答えは出てはいないけれど。

「そして十年の時間が経ち」

目を伏せる。この事実を口にすることを、しばしの間、躊躇ってから。

「メンバーの半分は、死去しました」

そう、告げた。明言した。変えようのない事実を。言葉にしてしまえば軽くなり、一瞬になり、むなしくなるだけでも。

死んだのは——四人。

僕はそのまま、劇物のような言葉を、載せる。

「詩が彼らを殺した」

死因は、芸術。

その善悪は問わない。そこに罪もない。けれど、詩人として生きたということは、詩人として死ぬことでしか証明出来なかったのかもしれない。

「僕はそう思いました。詩を書いて生きたことが、彼らを殺したんじゃないか。……本当のところは、わかりません」

詩を書いて生きることは、不可能なのか。

その答えもまた、出ていないけれど。

「でも、この中で、ひとりだけ」

くたびれたプリントを見下ろして、僕はゆっくりと瞼を下ろし、それから目を見開き、言った。

「人間に殺された人がいる。僕はそう思いました」

テーブルは静まりかえった。店内放送は能天気なBGMを流し、禁煙テーブルからは騒々しい声が聞こえている。その中で――

僕らのテーブルは時が止まったようだった。

「……聞かせてくれ」

低い声で言ったのは、舵さんだった。

「俺は、知りたい」

たとえそれが、誰かを傷つけるような答えだったとしても。彼もまた求めているのかもしれない。憤《いきどお》っているのかもしれない。

生きていくこと。死んでいくこと。その、理不尽さに。

うろたえていたのがビオコさんだ。どのような反応をしていいのかわからないというように、複雑な顔をした。

近藤さんは暗く苦い、顔つきだった。

そして櫻木先生は、何かを考え込むように、見定めるように、僕のことを真っ直ぐ見ていた。

僕は、言葉を切ることはしなかったし、許可も求めなかった。ここで語ることしか出来なかった。聞いてもらうことしか、もう。

「……殺されたのは、誰だね」

そう言ったのは、櫻木先生だった。僕は、促された。これを、語ることを。

「殺されたのは、明日田さん——金田友哉さんです」

雪の降る夜に。

事故で亡くなった彼。

彼は足をすべらせたのだという。人気《ひとけ》のない深夜の山道で、誰も見ていない場所で、そこに他に誰もいなかった、という証拠はないのだという。明日田さんは用事が出来たと言って先に帰ったと江藤くんは言っていた。

彼もまた、彼なりに調べていたのだと思った。友達を亡くした無念を、探すことで晴らそうとし、出来なかったから、とどまっている。

ははは、と笑い声を上げたのは舵さんだった。火のつかない煙草を力任せにつぶして、頬杖をついて僕に問う。

「それで、殺したのは、この中にいるとでも？」

三文小説めいていると、笑ったのだろう。もっと、文学的な心情的な話だと思っていたのかもしれない。僕は探偵だ。けれど本当は、誰が殺したかなんてそんなことはどうでもいいのだ。その手法も。ただ——

「彼が殺された、理由は」

その理由だけが、動機だけが、僕を引きつける。それは、自殺でも、他殺でも、大した違いではない。

「この本の中に書いてあります」

『追走』というタイトルの、彼の最後の詩集。そこに。

理由があると——僕は、読み解いた。

詩のために生きた人には。やはり、詩しかないと僕は思うのだ。そこにしか答えなんてない。

「近藤さん」

僕は顔を上げ、難しい顔をして俯いている近藤さんに向き直る。

「教えて下さい。明日田さんには、人の詩を盗む癖があった。違いますか？」

近藤さんは顔を歪ませた。さわられたくない場所をかきまわされたような顔だった。

「……それを、誰から？」

「俺だ」

滑り込ませるように口を開いたのは、舵さんだった。明日田さんの詩集を開いて、

「俺が言った。ここに載ってる、《箸》の詩は、お前の書いたものだったはずだって」

舵さんの言葉に近藤さんは沈黙した。

「詩を、盗むこと」

僕の声は少しだけ震えていた。情けないと、自分でも思った。けれど続けた。

「それがどんな罪になるのかは、僕にはわかりません。近藤さんはそれを許した、のかもしれません。でも、許せなかった人だって、いたんじゃないですか」

これから僕は、もしかしたら誰かを貶めるような、名誉を傷つけるようなことを言うのかもしれない。真実でもなく、妄言として。

けれど、言わなければならないと思った。詩を、書かなければならないと思ったのと同じように。間違いでも。不出来でも。

この場で。この人達の前で。

僕という存在を、示すために。

「その時何があったのかは、僕にはわかりません」

こんなにも大きな口を叩いておきながら、証拠らしい証拠は、たとえば警察に提出出来るようなものは、何もなかった。

「ただ、明日田さんが凍死した夜は三年前の一月二十二日。彼の死体が発見され、翌日ニュー

スになった夜に、亡くなった方がいます」

そう言って、僕は明日田さんの詩集の、とあるページを開いた。

《真っ暗なパーティ》と題された、その詩は。

「これは本来、明日田さんの詩ではないんじゃないかって思いました。そうだとしたら、すべて辻褄《つじつま》が合う気がするんです」

「……誰の詩なの？」

ビオコさんが、おそるおそる尋ねた。本当はもう気づいているはずだった。わかっているはずだった。けれど、聞いた。

そして僕は答えた。

「遠野昼夜《ちゅうや》さんです」

真っ暗なパーティ。

大鴉が鳴く。ネバーモア。

それは死と葬儀の象徴だったかもしれない。

もしくは、冥府《めいふ》への道行きの象徴だったかもしれない。

けれど、その中に光っているものがある。

それは希望。

それはひらめき。

それは想像力。

可能性。

「並べられたこれらの単語は、タロットカードにおける、『星』の象徴するものです」

そして……今はもう、いない光。

何億光年も離れて、僕らの元に届くそれ。

「もしもこれが、遠野さんの詩で、詩集を読んだ遠野さんが盗作に気づき、明日田さんに対して何らかの危害を加えたのだとしたら。遠野さんは、星子《ほしこ》さんを思い、そして自分の罪を償い、追及から逃れるために――自殺したんじゃ、ありませんか」

殺すために、遠野さんが明日田さんに会いに行ったとは思いがたい。

何らかの諍《いさか》いがあり、もしくは行き違いがあり、不幸な事故があった。そして遠野さんはその場から逃げた。

罪に問われることをおそれたのかもしれない。

彼の、最期は、詩人ではなく。

娘を愛する、父親だったのかもしれない。

「近藤さん」

僕は静かに問いかける。

「近藤さんは、わかっていたんじゃないですか」

知っていたんじゃないですか。だから、すべてのスケッチブックを燃やさせて。すべての縁を切るような真似をさせたんじゃないのか。別れた遠野さんの奥さんに。

僕の推理に、近藤さんはどこかうつろな目で、肩を落とした。

「証拠はないんだろう」

「はい」

明日田さんには家族もいなかった。だから、事故死として処理されたことに、異を唱えて事件性を訴えるような人はいなかった。けれど。僕のこの、言葉を。たとえばあの部室にいる学生に、囁けば。

彼は動くかもしれない。彼は本来の意味で探偵となるかもしれない。けれど、僕もまたそのことに、意味があるとは思えなかったのだ。

「それが、全部、もしもそうだとして」

舵さんが、複雑な気持ちを処理しきれないまま、憤りをぶつけるように言葉を発した。

「探偵くん。お前は、何を知りたいんだ」

そうだ。僕は今、ここに人を集め、棺桶をこじあけるようにして、閉じられていたはずの蓋を開いた。そうして、あったかもしれない犯罪のことを言い、いたかもしれない犯人のことを語った。でも、本当は、聞きたいのはそんなことじゃないのだ。

死んだ人には、もう何も問えないから。

せめて。

「教えて下さい」

僕は、近藤さんに聞く。

「どうして、人の詩を盗むんでしょうか」

それを、僕はずっと知りたいのだった。理解が出来ないのだった。そして一方で理解したいのだった。その理由を。

ホワイダニットを教えて欲しい。

「いや、」

近藤さんは、そう、かすれた声で囁くように言った。それから、頭を抱えるようにして、

「……いや、相談をしたんだ。僕は」

苦しげに、絞り出す。

「明日田くんに、相談をした。彼が直した、詩を。……僕ならこう書くと、直した詩を」

顔を歪めて。目元をおさえて。

「奪ったのは僕だった」

小さな声で。近藤さんは、悔やむように、苦しむように、悼むように言った。その苦しみを目の当たりにしながら、僕は、追い打ちをかけるように聞いていた。

「どうして、ですか」

理由を教えて欲しかった。

「僕も、あんな、詩が」

天性の詩人、と言っていたのは。

一体誰だっただろう。

「書きたかったのかもしれない。僕の、詩なんじゃないかと……」

詩は、誰のものだろう。美しい詩は。よりよい詩は。誰かに所有され、そらんじられる。そうあるべきものだと僕も思うのだ。

僕は天井を仰ぎ、あえぐように息をする。

こんな答えを求めていたのだろうか。こんな結末を。こんな最後を。それとも何も、終わらないのか。

終わらないのか。始まらないのか。

書くしかないのか。

残された僕達には、もう。それしかないのかもしれなかった。

探偵ごっこはもう終わりだと、心のどこかで僕は思った。誰も幸せにしなかった。何も為し得なかった。

多くの詩と同じように。

僕は本当は詩を書くべきだった。こんなところで語らず、こんなところにおらず、こんな風に交わることもせずに。

詩のために詩を書いていればよかった。それだけがすべてだと、今、思えるのだろうかと自問する。

僕は、探偵だ。

――本当に、それでよかったんだろうか？

自動ドアが開く、軽快な音楽が鳴る。

「っしゃい……せ……」

反射的に顔も上げずに挨拶をして、咳き込んだ。

僕はいつものうんざりするようなルーティンワークの日常に戻っていた。最後の集まりから、数日が経ち、コンビニの早朝のシフトは、陰鬱な物思いにふけるにふさわしく、一方でなんの考えをまとめることも出来なかった。

ぽっかりと大きな穴だけがあいたようだ。

結局僕らは、なんの答えも得られないまま散り散りに別れた。

答えなんて出さない方がいいと、皆の意見が一致したからだ。

(僕は、一体)

何を調べて。何を得たんだろう。どんな答えを得て。何が正しくて。

どんな詩を書けばいいんだろう。

また会おうとは、誰も言わなかった。

それでいいのだろう。いいはずだった。いつかこんな日がきて、解散を穏便《おんびん》に迎えられたことを感謝するべきだった。

僕は客の顔を見ることもおざなりにして、在庫表にチェックを入れている。ボールペンの出が悪くて、ぐるぐると試し書きをしていた、その時だった。

「探偵くん」

唐突に声をかけられ、顔を上げる。僕を、そう呼ぶ人が。僕の働くこのコンビニに現れるだなんて、想像したこともなかったからだ。

「……先生」

呆然と僕は、言った。青と白の制服を着て。胸に名札を着けたまま。あと三十分もすれば、シフトの交代だったはずだ。

立っていたのは、あの日を最後に別れたはずの、櫻木先生だった。

店には休憩室の同僚の他に、誰もいなかった。

櫻木先生は、帽子を小さく上げて僕に会釈した。僕はうろたえた。

「どうして」

僕は何が知りたくてそう口走ったのか。自分でもわからなかった。櫻木先生は、ゆっくりと言葉を選んで言った。

「このコンビニがバイト先だと、治田《はった》さんから聞いてね」

そうだ、ビオコさんとは確かに、バイト先が近いという理由で、この近くのコーヒーショップで待ち合わせた。

「何か……」

今更、今から、まだ何かあるのだろうか。話は充分にしたじゃないか、と内心思う。むなしさをわかちあい、希望が見えないことに奥歯を噛みしめ、それでも生きていかねばならないと。

これからも書いて生きていくのだと、馬鹿げた夢のような話をして、僕らは別れたのではなかったか。

それを、それなのに、今ここで櫻木先生のような人に、足を運んでもらって心を砕いてもらう価値も意味も僕にはないのだった。だから、櫻木先生がなぜ僕のバイト先までやってきたのか、皆目見当もつかなかった。

混乱したまま言葉をなくす僕に、櫻木先生は、言った。

「わたしの詩集は持っているかい?」

え、と尋ね返した。

「十年前にわたしがサインした、詩集だよ」

あ、ああ、はい、と慌てて頷いた。謝罪するみたいに、下を向いた。なぜか、櫻木先生は僕の頭よりもっと下、胸元を見ているようだった。

視線を感じた。

そしてそこに、何があるのか、唐突に、気づいた。ぱっと手で摑んで、隠した。制服についている……名札を。

「君の名前を入れたはずだね」

僕は、顔を上げる。青ざめているだろうと思った。遅かった。すべては、遅すぎた。

「蓮見、敬一くん」

そう、櫻木先生は僕の名前を呼んだ。

僕の――いや、「蒼ざめた馬」の名前を。

「君は」

櫻木先生の穏やかな声が、どこか遠くに聞こえる。夜が明けたばかりのコンビニエンスストアの。

能天気な店内放送の中でも、はっきりと。

「十年前に出会った、探偵くんではないね？」

その言葉に、目の前が真っ暗になるような気がした。

詩をうたう声がする。耳の奥。記憶の奥で。

――僕はずっと探している。

「僕」を殺した

「僕」自身を。

終章

蒼ざめた馬

蓮見敬一

魔女が喚ぶ
雲を割る蹄の音
ひるがえる旗は冥府の門
ヨーロッパのバザー
極寒のロシア
そして赤いリノリウムの上に
切り刻まれたのは
迎えるもののない骸

指を切り

目を潰し
酸を浴び

視よ
使命なきもののリストを
今　蒼ざめた馬の
たてがみを摑み
復讐と断罪の[redacted]

初めて出た葬儀は、丁度秋口で、衣替えしたばかりの詰め襟の襟首が窮屈だったことを覚えている。

高校一年。夏の間に少し成長していたのだと、感慨にひたる間もなかった。

家の電話にかけてきたのは棗《なつめ》だった。〈落ち着いて聞いてくれ〉なんて言う相手の方が、落ち着いていなかった。

僕はラジオを聞いていた最中で、もったいつけずに早く言って欲しいと思っていた。どうでもいい話なら、明日学校ででも出来るだろうって。

〈敬一《けいいち》が死んだ〉

なんだって？　と僕は思った。棗、お前今、なんて言った？

〈敬一が死んだ。敬一の母さんから連絡があって……〉

なんで、と僕は聞いた。

蓮見《はすみ》敬一は中学時代の同級生だった。棗と、敬一と、僕は人の少ない教室で放課後をともに過ごした。いつもいそしんでいたのはいたってインドアな趣味だった。部活動も委員会も入らず、本を貸し借りしたりしながら。

僕らは青春時代に詩を書いていた。

敬一は僕と同じくあまり口数の多い方じゃなく、僕や棗よりも頭がよかった。物静かだがプライドも高く、詩を書いてるんだと紹介してきたのは、顔の広い棗だった。敬一と出会う前の僕は、あまり熱心に詩作にふけることはなく、棗に紹介されるまま、詩にのめりこんでいる敬一に影響され、引きずられるみたいに、詩を書き出した。そう、僕をそもそもこの沼に引きずり込んだのは、棗であり、敬一だったともいえる。

棗はその当時から運動部にも生徒会にも引っ張りだこの人気者だったが、なぜか放課後は僕達と喋《しゃべ》っていることが多かった。

詩を読むのが一番好きだ、とちょっと共感を得がたいことを言って、人気《ひとけ》のない教室で僕らの詩を読んだ。

僕は詩を書いて生きる、と静かに言ったことがあった。僕ではなく、敬一が。

きっと人の記憶に残るような、詩人になってみせる、と。僕はそれを聞くたびに、なるほど敬一なら出来るんじゃないかと思った。

そういう覚悟があって、頭も切れるし、自分とは違う、と思っていた。じゃあ僕の詩はなんなのか。答えもないままに、いつしか僕は。

詩にのめりこんでいった。深みにはまっていったといえるだろう。けれど敬一とは、中学卒業とともに別れた。

僕と敬一が最後にした会話が苦いものであったことを、棗はきっと知らない。僕はとにかく敬一から一方的に距離を置かれ、彼はひとり、県下でも有名な大学附属高校に進学した。でも、もう、二度と出会うことはなくても。言葉を交わすことがなくても。いつか敬一の名前を見るのかもしれないと思った。書籍で？　雑誌で？　それはわからない、けれど。

彼は詩人になるんだろうと思って、疑いもしなかった。まだ僕は子供だった。夢を見ていられた。敬一も、きっとまた。きっとまだ。

その彼が死んだ、と聞いた時に、目の前が真っ暗になったことを覚えている。きつい目眩《めまい》を覚えた。その頃は、まだ人の死は、歴史上の事柄であり、ファンタジーだった。ましてや、老人でもない同級生の死なんて。

現実とはほど遠かった。

〈わからん、けど〉

多分自殺、と電話の向こうで、棗が言った。

僕は言葉を失い、翌日の新聞を見た。敬一の訃報が載っていた。まだ十六歳だった。僕だってそうだ。

なんでだ、と思った。

なんでだ。詩は——

お前を救わなかったのかと思った。確かめようもなかった。暗い顔をして、ポケットに手を突っ込んだ棗と、二人で通夜《つや》に行った。僕達の家からすればずいぶん郊外に位置する、敬一の家にその時初めて行った。弔問客は少なかった。

母親だという人は、泣いていた。棗が名前を告げると、『よく来てくれて』とハンカチで強く目頭をおさえた。

『中学校でね、仲良くしてくれたんでしょう。あの子、あんまり友達がいる子じゃなかったから、棗さんてね、珍しい苗字だから覚えていて……。棗さんと……』

草間《そうま》です、と僕は言った。僕のことはもしかしたら友人だとは思われていなかったんじゃないかと思ったのは、苦い別れの記憶のせいでもあった。

敬一は本当は僕のことなんて嫌いだったのかもしれない。金魚の糞《ふん》みたいに、才能もないのに後を追って下手な詩を書いていた、僕のことなんて。

『草間泰生《たいき》さんね。来てくれてありがとう。あの子が、話してたわ。中学校は本当に、楽しそうに行っていたのよ』

敬一が、高校でどんな風に過ごしていたのかはわからない。僕は自分のことに一生懸命で、安穏として、連絡をとろうともしなかった。

いつか、機会があれば。出会えるのだろうと安直に考えていた。

そして、その通夜には、学校の関係者らしき人の姿は見えたが、学生服を着たやつなんて僕ら以外ほとんどいなかった。

涙をこらえきれない敬一の母親を前に、僕らは何も言えなかった。なんで、という言葉さえ、言えなかった。

聞けばよかった、と今では思う。今なら聞いたかもしれない。僕はあの時あんまりに心が潰れて――

正常な判断なんて出来なかったのだ。

『お願いがあるんですが』

手を合わせた帰り際、そう切り出したのは棗だった。

『敬一くんの遺品の、パソコンを見せていただけませんか』

敬一がパソコンを持っていたことは、僕も知っていた。彼は自分の詩を打ち込むことが好きだった。左利きで特徴的な手書きよりも活字を好んだ。

『でも……パスワードも、わからなくて』

困惑する母親に、棗ははっきりと答えた。いつものように、ペテンのような強い言葉の使い方で。

『僕らならわかるかもしれません』

『……そう、そうね』

一旦部屋に戻った母親から、渡されたのは大きな包みだった。ずっしりと重い、それは、その当時は新しかったパソコンだ。

『中学の時に買ってあげて……』

幸福な時間だったのだろう。思い出すことも、辛《つら》くなるような。

『私も中を……見ようと思ったんだけど、あの子ね、パソコンを見られるの、すごく嫌がったの。さわるだけでも怒られたわ。ダメね、本当に、なんにも話せなかった――。怖かったのかもしれない。学校に行かなくなって、何を考えているかわからなくなって……』

思い出して、話すたび、痛みをこらえるような顔を、母親はした。あまりに可哀想だと思った。

こんな親不孝は、きっとないと思った。

思い出の品で、きっといろんなものが詰まっているのだろうけれど。今でも彼女は、死んだ息子から、怒られるのが怖いのだと思った。

『持っていって。大事にしてくれるなら……返さなくてもいいわ。あの子と仲良くしてくれてありがとう。貴方達《あなた》と一緒にいた中学時代は、それでも本当に、楽しそうだったのよ』

棗はありがとうございます、と言い、しっかりと受け取った。

その帰り道、なぜか棗は僕の家に転がり込み、そのパソコンに電源を入れた。まだ三日月《みかづき》のいない、屋根裏の部屋で。

『朔太郎《さくたろう》の全集、ある？』

突然聞かれて僕は困惑した。けれど言われるがまま、古本の全集を渡すと、

『頭からやってく。メールアドレスとか、あいつはいつも、朔太郎の詩からとるんだ』

それは僕と敬一が、共通して好きな詩人だった。

それから棗はただひたすらに、パソコンに向かっていた。僕はその背中をぼんやりと見なが

ら、大事だったんだなと思った。

そんなに大事だったんなら、敬一の詩を、敬一を、お前がもっと、重く、大切に、扱ってやるべきだったんじゃないか？

思ったけれど、言えなかった。言葉はあんまりに無力なような気がしたし、思考もただ、疲れるだけだと思った。

やがて、棗は、正解に行き着いた。

――『さびしいじんかく』。それが、彼のパソコンのパスワードだった。

けれど棗は、開かれたパソコンをそのままに、立ち上がって、言った。

『お前が、持ってるのがいいと思うよ』

なんで、と言ったら、

『きっとそこに、詩が入ってるだろうからさ』

お前向きだよ、と棗は言った。棗はいらないの、と僕は思った。思ったけれど、聞けなかった。僕と敬一の詩の出来について、優劣を、つけていたであろうことを、僕は知っていたから。

僕に紹介した時から、棗は僕の詩のために、敬一の情熱をくべたのだ。確かめたことはないけれど、感じていたから。認めたことはなかったけれど、棗は本当にいいやつだった。本当に優しいやつだった。本当に、残酷な男だった。

そして、別れ際に。

『お前は、死ぬなよ』

そう、棗は言った。その無神経で、デリカシーがなくて、優しい言葉を。僕は、お門違《かどちが》いだと心から思った。

お門違いだ。そうじゃない。

お前に言われるまでもなく、僕は、生きるし。

敬一が死んだ理由なんてわからない。そして、どんな詩を、遺《のこ》したのかなんて。

涙も出なかった。ぽっかりと胸に穴でもあいたようだった。虚無だった。なんにもわかっちゃいなかったのかもしれない。そして僕は、とてもとても長い時間をかけて、パソコンを開いた。

更新日順に並べたファイル。一番上に来たファイルの更新日時はほんの二週間前で、パソコンの熱が生々しかった。

最後のファイルのタイトルは、『蒼ざめた馬』。

中身は、書きかけだ。

それは遺書ではなかったし、遺作とも、言えるのかどうかわからなかった。僕には何もわからなかった。あの夕暮れの教室から、あまりに遠くまで来てしまったようで。何も、わからない。ただ、死する二週間前まで詩を書いていたであろう、お前が。

この世界にはもういないことが、ただ悲しかった。

そしてその、今では古くなってしまったパソコンの中に。

僕は、poetring の、ログを見つけたのだ。

その会話。そのあり方。たった一度の、オフ会の思い出。

そして――《探偵》という、その詩を。

僕は櫻木《さくらぎ》先生を前にして、あの時のように無言でいた。やがて次のシフトの人間が休憩室からやってきて、僕達をけげんな顔で見た。

どしたんだ、と尋ねる声に、僕が青白い顔で答えられないでいると、櫻木先生は柔和な声で、

「隣のバス停の椅子で待っているよ」

そう言って店から出て行った。僕はバイト仲間にどこか上の空で引き継ぎをして、早めにバイトを上がらせてもらった。

バックヤードで着替えながら、逃げてしまおうか、と思う。出来もしないくせに、考える。

僕はたくさんの嘘をついた。

その嘘に櫻木先生はすでに気づいている。もしかしたら、他のみんなだって。気づいていたのかもしれない。

僕が、あの日、十年前の六月六日にオフ会に参加した、「蒼ざめた馬」ではないということに。

逃げてしまおうか。どこへ？　逃げてしまいたい。何から？

逃げられない。ここまで、大勢の死を暴いておいて。メンバーでもないのに、人の詩を、掘り返しておいて。

でも、だって。

僕は。

逃げられない、と思った。僕は逃げられない。何が暴かれても、何を責められても、糾弾《きゅうだん》されても、決して。

僕はどこへも行かない。あの世にも。宇宙にも。新しい世界にも。

詩の、未来にも。

よたよたと、鈍い足取りで僕は店の外に出た。通勤時間と重なり、人通りの激しいその通りのバス停に、櫻木先生は座っていた。僕を見て、静かに口を開いた。

「ずっと、君のことを不思議に思っていた。十年前の印象と、今の君はかなり隔《へだ》たりがあった。確信はなかった。記憶とは、曖昧《あいまい》なものだ。わたしだけが彼のフルネームを知っていた。名前だけで、訃報に行き着くまで、ずいぶんな時間がかかった。新聞に載った訃報を見てさえ、偽名だったのかもしれないと思ったりしたものだ」

静かな言葉だった。僕は俯《うつむ》き、つま先を見ていた。

天涯という場所がこの世にあるのならば、と書いたのは。

明日田《あすた》さん——金田《かねだ》さんだっただろうか。

ともすれば逃避してしまいそうな思考の中で、櫻木先生は、理路整然と、それこそ聡明《そうめい》な名探偵のごとくに言った。

「彼と会ったのは一度きりだ。そして彼は十年前、わたしにサインを求めた」

敬一は、櫻木先生のファンだった。それは確かだ。けれど、彼が、そうやってサインを求めていたことはログには見つけられなかった。

僕は、ただの不完全な模倣だった。

そしてその不完全さを、櫻木先生は見逃すことはなかった。

「宛名をなんとするかと聞いた時、彼は氏名をわたしの手帳に書いた」

その時のことを、櫻木先生はどれほど鮮明に覚えているのだろう。僕は、十年前のことをどれほど覚えているのだろう。

強い印象を残す相手だっただろうか、敬一は。櫻木先生をしても、刺激的な一日だったのだろうか、あの日は。

僕は、知らない。知るはずもない。

そして決定的な事実を、櫻木先生は僕に突きつけた。

「蓮見敬一くんは、左利きのはずだったね」

僕は、目を閉じる。

夕暮れの教室。紙の上に、散らばる言葉。字が汚いと笑う棗の声。

——笑われているのは、僕ではない。

逃げようとは、もう、思わなかった。

「……敬一は、友達です。友達でした」

絞り出すように言った。その言葉が、肺から喉を通って口から出て、耳から入って脳みそを喰らい尽くした。

友達でした。

本当に？

僕は、友達を亡くしたのだろうかと思った。友達だったのか。鼻の奥に痛みを感じた。プールに溺れた時のように、僕は、涙を。

あの時に流さなかった涙を、今更流そうっていうのか？　許しを乞うために？

「……語ってはくれないのか。彼の死について」

静かに櫻木先生は僕に言った。先生は僕を責めることはなかった。非難めいた言葉は一言も発しなかった。結局、僕を責めた、のは。

僕だけだったんだ。

「語るつもりでした。皆さんが、もしも聞いたら、あいつはもう死んだって。皆さんとまた、会えることを楽しみにしてたって、言うつもりだった」

でも。

あの日あの場所に行って、皆さんに会って。

「僕を」

ぐい、と袖で目元をぬぐった。馬鹿野郎泣くな。哀れみを誘うな。なんのための涙だ。誰のための詩だ。

あの日、僕を。

「探偵くんと呼ぶ人がいたから」

まったくどうしようもない言い訳だった。

「君は」

櫻木先生が立ち上がる。俯いた僕の肩に、手を置く。優しい手だった。涙を誘うような、心をとかすような。僕にはすがる資格もない、優しい手だった。

そして尋ねる。告解を促す神父のように。

「君は、敬一くんの代わりに、探偵くんになりたかったのか？」

違う、と僕は言った。涙でもう、言葉にならなかった。枯れた身体から絞り出されるのは、美しくもない滴《しずく》だ。

「違います。僕は」

どうだった？　本当のことなんてわからない。

言葉も出ない。あえぐだけだ。

仲間が欲しかったのか。ひとりはさみしかったか。さみしくなんかない。誰もいらない。ひとりでいい。でも。

「僕は」

僕は一体、誰だ？

僕は、警察ではない。裁判官でもないし、学者でもない。

コンビニで働くフリーターである、ということはこの際僕が何者であるかにはなんの関係も無い。

言葉が出なくなり、いつでも連絡を待っているという櫻木先生と別れ、逃げ帰るように部屋に転がり込んだ。

遮光カーテンに閉ざされた部屋で背の低い文机《ふみづくえ》に向かいながら、三日月を腕に抱いて不自由な呼吸をする。

すり抜けて離れた三日月が戻って、毛づくろいをする気配だけがある。

僕はぎこちなく手を伸ばし、三日月の頭をなでながら、鳴いてみろよと思う。三日月は餌をねだる時でさえあまり鳴かない。鳴き方を知らないのかもしれない。

出来るのならば、おぎゃあと鳴けばいい。

おぎゃあ、おぎゃあ、おわああ。

(ここの主人は)

病気です、と。

僕は病気なのだろうかと考える。確かなことなんて何もわからなかった。正しいことも。間違ったことも。健やかなことも。

震える手で、携帯電話を摑んだ。

そうじゃない、と思う。

そうじゃない。

こんな時だけ、と思う。こんな時だけ、すがるな。頼るな。ずっと、いつまでも、否定し続け、拒絶してきた男に。

彼が僕のよき読者であることを、僕の詩をそらんじ、大切に胸に抱くことを認めてはやらなかったのに。

携帯の履歴を見た。ろくにアドレス帳も埋まらないこの携帯の着信履歴は、だいたいいつだって、お前しかいなかった。

平日の午前中だ。仕事を始めているかもしれない。まだ寝ているかもしれない。生活スタイルなんて知らない。十回コールして、電話をとらなかったら。

僕はもう、お前に助けは求めない。

コールはたった、二回しか鳴らなかった。

〈はい!〉

電話から息急くような声がした。僕は自分の情けなさにまた、泣きそうになって奥歯を嚙みしめた。

棗、と僕は名前を呼んだ。それらしい声にはならなかった。

棗。僕が詩を書き始めた時に隣にいて。

僕が友を失った時にも隣にいたお前に。

「僕は、探偵か……？」

そう、尋ねた。突然の問いかけだった。意味もわからなかっただろう。説明が出来るわけでもなかった。棗が戸惑ったのが電話越しにわかった。いや、棗はずっと戸惑っているようだった。どうしてもという用件でもなければ。僕から電話したことなんて、覚えている限り一度もなかったのだから。

〈あー……俺にとったら、お前は、詩人だけど〉

ぼそぼそと、いつも軽率で勢いばかりの棗が、電話の向こうで必死に言葉を探すのがわかった。探しているのは、言葉、だけで。

意味は確かに伝わっているようだった。

〈俺は今でも一番好きだよ〉

なだめるように、いたわるように、暴力的な肯定とともに棗が言う。

〈お前が書いた、探偵の詩〉

僕はあえぐような呼吸をひとつした。夕暮れの教室を思い出した。ルーズリーフに書いた詩を、その、シャーペンの跡の凹みまでよく覚えているのに。

「あれは、僕の、詩か？」

聞いてしまう。確かめてしまう。これは甘えだ。これが、そう、であることを、知っている人間がいることに。

すっかり甘えてしまっている。

〈何言ってんだ?〉

棗は笑った。ようやく肩の力を抜いたような、呆れたような笑いだった。

〈お前の詩だよ〉

そう、はっきりと言った。

棗は知っているのだ。僕が、あの詩を。夕暮れの教室で、放課後に、頬杖をつきながら何度も書き直したことを。

隣で見ていたはずだ。僕の思い込みではなく。僕の、盗作ではなく。

そうだ。僕は探偵だ。僕が、探偵だ。あの詩は僕のものだった。だから、あのファミレスで、『探偵くん』とビオコさんが言った時。

僕は、頷《うなず》いたんだ。

それは、僕の詩だ。

だったら。だったらどうして、敬一は——

「あいつはどうして、僕の詩を盗んだんだろう……?」

重いノートパソコンのログの中で、自分の詩を見つけた時には目を疑った。その詩をまるで自信作のように語る敬一が、ログの中にはいた。ただの電子の配列。文字の並び。だけど。

僕は息が出来なくなるのを感じた。

最後の会話があった。中学校の終わりに、今回の詩はよく出来たとプリントアウトしてきた用紙を見せてきた、敬一の詩を、読んで、

『いいな、でもこれって』

お前の詩じゃないよね？

そして僕はとある詩人の、名前を言った。僕はその詩を読んだことがあった。知っていた。

それを指摘した、時に――

凍り付いた、敬一の顔が。忘れられない。

あの時僕は彼の何かを壊し、僕らの間にあった何かが切れた。彼の顔は凍って、何かが瓦解《がかい》した。そしてそれが僕達の出会った最後となったのだから、突き詰めてしまえばそれさえ言わなければ、突きつけなければ、敬一は今も僕の隣にいたかもしれないし。

まだ、詩を、書いていたかもしれない。

「僕が、殺したのか」

そんなことは、ない、とわかっている。あまりに自意識過剰だと。僕が敬一にとってどれほどの存在だったのか。結局、あいつはそれから一度も、僕とは話してくれなかった。敬一が何を考えていたのかはわからない。僕は、彼の友達のつもりだった。

情熱をもって、詩を教えてくれた。引きずり込んだ。それなのに。

「敬一は、僕を」

僕の詩を。

「一体、なんだと」

それが知りたかった。どうして死んだのか。パソコンの中から自分の詩を見つけた時にはすべてが遅すぎた。僕はあまりにショックで傷ついて。

何も出来なかった。

掘り返したかった墓はここだと僕は知っている。知りたかった動機がある。見つけ出したい凶器も、崩してやりたい不在証明も。

どうして死んだ？

どうして残した？

どうして書いた？

どうして盗んだ？

僕はずっと探している。お前を殺した、もしかしたら――僕の答えを。

この話を棗にするのは初めてではなかった。言葉少なに、僕と棗は話したことがある。その時は、棗は静かで、肯定も否定もしなかった。何度も話を蒸し返さなかったのは、棗の慰《なぐさ》めを聞きたくはなかったからだ。

〈さあ。どうだろうな〉

棗はあの葬儀の日と同じように、誰も責めず、僕をいたわるように言うのだ。

〈確かめる方法なんて、なんもねぇよ、もう〉

方法なんてないし、必要もないと言うようだった。知りたがっているのは僕だけだ。理解したがって暴きたがっているのは。

そうすることで、何を得られるわけでもない。

「でも、僕は」

知りたかったんだと言った。理解したかったんだ。生きていくために必要だと思った。書いていくために必要だと思った。

救いたかったなんていうのはあまりに傲慢《ごうまん》だ。

でも、友達が死ぬのは。

友達が死ぬのは、ただ、悲しいから。

だから、そのために嘘をついた。名前を騙《かた》った。僕はその一部始終を、棗に打ち明けた。魂を抱きながら死んだ詩人がいたことを。自ら死んだのは、小木屋《おぎや》さん、夏炭《かずみ》さん、遠野《とおの》さん、敬一の四人。そして、殺されたのは、明日田さんひとり。彼らが詩を書いて生きることは、不可能だったのか。言わずにはいられなかった。探偵くんと呼ばれた時に、それは僕だと、頷く以外に出来なかった。

〈いいだろ、それで〉

棗はどこまでいっても僕に甘かった。けれど、僕は、自分で自分が許せない。あの、誰もが誠実に仲間を悼《いた》んでいたはずの場所で。

嘘をつき、欺いた。その罪は、決して消えない。

〈あるよ。お前が探偵だって、証明する方法はある〉

棗はきっぱりと僕に言う。電話越しでなお、強靭《きょうじん》なその声が、僕を殴りつけるようだった。

〈世に出ればいい〉

口に出してしまえば、それだけのこと。けれど決して簡単ではないことを、神の啓示のように棗は言うのだ。

〈読まれればいい。そして人から認められてしまえばいい。草間、お前がお前の詩で。それこそ朔太郎みたいに、誰もが知ってる詩人になったら。お前はその詩集の中に《探偵》の詩を入れるだろう。その時責め立てる声があるのならば、言ってやればいい。言わなくても、その詩集一冊で、教えてやればいい〉

これは、自分の詩だと。

僕こそが、探偵だと。

「……そんな」

そんなことは嫌だと思った。そうじゃないと思った。僕が詩を書くのは、そんなことのためじゃない。お前のためでもないし、誰のためでもない。

そうじゃない！

ただ、棗は僕に言うのだ。どれほど離れても、どれほど時間が経っても、あの夕暮れの教室に響いたのと同じ声で。

耳元で。心臓に近い場所で。

〈生きて書けよ〉

僕の魂に命じる。多分、敬一には言わなかった、残酷な言葉を。

〈それだけが、生きてる奴に出来ることだよ〉

そして、俺は、草間にそうあって欲しいよ。

そうじゃない、そうじゃないんだと言い続けた。そうじゃない。お前のためじゃない。今だってそうだ。

明日田さんの、誰かのための詩などはない、という言葉を思い出す。僕だってそうだ。お前には何もやらない。何も書かない。その一方で、江藤《えとう》くんの言葉も思い出すのだ。生きていたなら、何者かになったかもしれないと。それが詩人としての成功だったとは限らない。でも、生きて、書いて、積み上げて、そうすることでしか開くことの出来ない、重い重い扉は、絶対にある。

いや、そうじゃなくても。何もなくても。扉も、未来も、可能性も、救いも絶望さえも生むことが出来なくても。

僕は、書くのかもしれない。あの仲間達のことを。僕の仲間ではなかった、けれど僕に優しくしてくれた。心を寄せてくれた、書くべきだと言ってくれた、あの人達のことを。逃げずに、消さずに。そして僕が墓を暴こうとした、他の仲間達のことも。彼らが、詩を書いて生きたのだと、僕は信じる。残された人々の悲しみも、僕自身の悲しみも、詩に変えて。僕が、僕だけの詩を、書いた時に。

読んでくれるか、うたってくれるか、覚えていてくれるか、なぁ、棗。それらすべてがかなわなかったとしても。

僕は、詩を。

書いて生きても、いいだろうか。

彼らに届けてもいいんだろうか。彼らの詩をうけとってもいいんだろうか。生者の詩も、死者の詩も。

〈今更聞くなよ〉

電話の向こうで、呆れたようにまた棗が笑った。

〈だって、お前、この間俺にああ言ったけど、やめられたわけ?〉

すべてを見通していた言葉だった。

やめられない。覚悟もない。未来もないし、欲しい物も別にない。でも。

〈なぁ、草間。お前はさ、本当はひとりでも、俺がいなくても〉

やめることは、多分ない。それは僕も知っている。わかってしまっている。

〈それがすべてだよ、さみしいけどな〉

棗の言葉に、そうじゃない、と返したい気持ちを抑える。棗の言葉はすべて否定したい。お前の言葉のすべてを否定して。あり方を否定して、なんだって不確かなものにして認められないものにしたい。

でも、そんな時間を終えなければいけないのかもしれない。そうじゃない、ということは簡単だ。何千何百のものを否定して。

すべてが間違っていたなら、どれだけいいだろう。

そうじゃない。そうじゃない。

でも、僕の詩は何かを肯定しようとする。僕の詩は僕自身を探し、見つけ出して肯定しようとする。ここから生まれる言葉を、これから生きていく言葉を、そうだよ、と言おうとする。そうだよ。棗。お前の肯定とお前の愛情が僕の詩を生かしただろう。お前の祈りとお前の執着。それがお前自身のためだったとしても。僕の詩に水をくれたことは確かだ。けれど同時に、その愛情がなかったとしても、僕は書くだろう。僕は書き続けるだろう。そのことは、お前をさみしくさせるかもしれない。生きていくのは、書いていくのは、本当にさみしいよ。

でもそうじゃなければ、そう、詩なんて、最初から、書かなかった。だから、少しは、何かは、そう、なのかもしれない。

僕ははじめて、自分の中に、その肯定をもたらすことにした。

生きていることが正義だなんていうのはきっと嘘だろう。

死ぬことだけが完成だと、それだって嘘だ。

多分、どちらも避けがたいことだ。いつか死ぬ日まで、生き続けるしかないということだ。生きて、答えを出さねばならない。見つからないかもしれない、存在しないかもしれない答えを。書き続けなければいけない。

それだけが、生きているってことだ。そして、僕はそれを選んだ。これからも選び続けていくだろう。いつか、本当の終わりがくるまで。

詩を書いて生きることは、不可能なのか。

答えはない。正しいことなんて、きっとない。けど。

僕は探し続ける。
いつか、僕は死ぬとしても。何も残さなくても。すべての人に忘れられても。今日も明日も、
未来をすべて、託すように。
詩を書いて、生きていくんだ。

あとがき――たとえば雨がやまなくても

ミステリ小説は好きですか？

私は好きです。ただし、読むのは、と限定してのことですが。

十年近く作家をしてきて、それこそ二十年近く小説を書いてきて、ミステリ小説を書こう、と思ったことは一度もありませんでした。ミステリ小説は、それを書くのが得意な人が書いて、私は読んで、楽しむもの。ずっとそう考えてきました。

そんな私に、「ミステリ小説を書いてみませんか」そう言って下さったのが、東京創元社の戸川安宣《とがわやすのぶ》さんでした。無理です、向いてません、私には……そう言い続けましたが、戸川さんはニコニコとして、あまり聞いてはくれませんでした。

そして、いつの頃からか、「ミステリ小説は私には無理だ」ではなく、「私に書けるミステリ小説ってなんだろう」と思うようになりました。

読書としてのミステリ小説は好きでしたが、謎を自力で解くことにあまり興味を持ちませんでした。誰が犯人なのかさえあまり関心がなく、心地良く騙《だま》されていたい、と思うほどでした。でも、ひとつだけ。ミステリ小説を読む中で、私が一番興味を持ち、印象に残るもの。それは、犯行に至るまでの動機でした。

なぜ、殺したのか。どうして、死ななければならなかったのか——だから、もしも私がミステリ小説を書くとしたら、それは「なぜ」を巡る物語になるのだろう。そんな風に思いました。そして私は、私の中に、ずっと知りたかった謎があったのだと、書きあげた今となっては思います。

自分に書けるものを探した、と言いましたが、楽な方に逃げた、というわけでは決してありませんでした。

この物語を書いている間中、つらくて苦しい、と思い続けました。なんで書いてるんだろう、こんな小説は誰も幸せにしない、書いている私がこんなにつらいのに、と。上手く書けた、とも思えません。でも、精一杯書きました。逃げることなく、立ち向かいました。作中で、「僕」が命題に対してそうであったように。

こんなつらい話を、なぜ書くのか。その問いに明確な答えがないように、「僕」もまた、探していたすべての答えは得られなかったのではないか。そんな風に思います。ただ、それでも私は書きました。そしてまた、「僕」も……そんな風に、今は思えます。

徹夜明けの、湿度の高い、小雨交じりの曇天《どんてん》の。そんな道行きのような執筆でした。それでも、最後まで、書き上げることが出来ました。泣き言を聞いて、相談に乗ってくれた、励ましてくれた、すべての方に感謝します。そして、この物語を読むという形で、道行きに付き合ってくれた、読者の方にも。

多分、そんな誰かがいなければ、私自身が出合えなかった物語でした。

本当にありがとうございました。

傘なんてないよ。どうしてとかなんのためとか、そんなの本当はどうでもいいらしいよ。

でも、考えてしまうね。生きていくのがつらいまま、生きていくしかないのかな。

どうしようもない涙をぬぐって、一歩ずつ。

私も。「僕」も。

紅玉いづき

解説

宇田川拓也

どうかこの一冊が、孤独と苦悩に耐えて創作と向き合う人々の手に届きますようにと強く願わずにはいられない。

このたび文庫化された紅玉いづき『現代詩人探偵』は、二〇〇七年に第十三回電撃小説大賞〈大賞〉受賞作『ミミズクと夜の王』で華々しいデビューを飾った著者が、キャリア十年目にして初めて〝ミステリ〟に取り組んだ意欲作だ。その内容は殺人事件や奇妙な謎をケレン味たっぷりに扱ったタイプとは大きく異なり、オーソドックスなディテクティブストーリーのフォーマットを用いて〝創作の業〟とでもいうべきテーマに真正面から挑んだ、従来にない独自性の際立ったものになっている。

本稿冒頭の文章は、東京創元社発行のミステリ専門誌『ミステリーズ！ vol.76』（二〇一六年四月号）にて、当時刊行されたばかりの本書の単行本について筆者が綴《つづ》ったレビューからの抜粋である。読み進める途中で何度も息が詰まり、胸を引き裂かれるようなつらい痛みを覚え、怒りとも悲しみとも諦めともつかない激しい想いが込み上げてくる本作は、ちょっとした息抜きに手を伸ばすには不向きといえる。しかし、創作や表現することを軽視するタイプでないなら、読み終えたとき、きっとこの物語を紡いでくれた著者に心から感謝したくなり、前述のような願いを抱かずにはいられなくなるはずだ。

物語は、まず「蒼ざめた馬」なる作者による《探偵》という題の詩が掲げられ、続いてコンビニの夜勤明けの朝、雨のなかひとりバスを待つ二十五歳の主人公〈僕〉の「詩を書きたくて詩人になった人間なんていない」という、どこか厭世的な独白で幕が上がる。帰宅した〈僕〉は年代物のノートパソコンを開き、過去の日記を読み返す。そこには、「将来的に、詩を書いて生きていきたい人」が集うSNSコミュニティ『現代詩人卵の会』のオフ会が開かれた際、九人の参加者たちの間で、十年後に〝詩人〟として再会しようという約束が交わされたことが記されていた。

あれから、ちょうど十年。約束の場所へと向かった〈僕〉は、日記の内容を繰り返すように「探偵くん」と声を掛けられ、集まっていたメンバーたちと落ち合う。しかし、そこに全員が揃うことはなく、九人のうち四人が不審な死を遂げていたことを知らされる。いまや文学史に名を連ねるような詩人は死人のなかにしかいない。ならば、死を迎えれば詩人になれるというのか。詩を書いて生きていくことができなかった四人に、いったいなにがあったのか。狂おしいほど切実にそれを「知りたい」と思った〈僕〉は、四人の死をたどり、向かい合うことを決意する……。

芸術全般を見渡せば、数多くの創作ジャンルがあるなかで、あえて〝現代詩〟に着目した理由について、著者はインタビューでこう答えている。

「誤解を恐れずに言うと、死ぬ必然性を抱えていそうな人間が現代詩人だったからです。私が今まで出会った人々の中で、最も生きづらさを感じたのが彼らでした。（中略）そこから、その生きづらさを抱えた創作者に寄り添って書けるのではと思ったので、テーマにしました」（東京創元社ホームページ内 Webミステリーズ！「国内ミステリ出張室」二〇一六年三月七日更新記事より）

とはいえ本作における〝現代詩〟は、小説、音楽、絵画をはじめ、あらゆる創作に置き換えて考え、想像することが可能でもある。詩になじみがなくとも、創作者が覚える生みの苦しみや生きづらさを生々しく感じながら、読者はつらく苦しくとも物語に寄り添って先を追わずにはいられなくなるはずだ。

〈僕〉は、死を遂げた四人の〝詩人〟に近しい人々を訪ね歩き、その死を巡る事情を確かめようと試みる。しかし、華麗な推理で鮮やかに謎を解き明かしてみせ、見つけ出した答えによって積年の疑問が霧消するような晴れやかな展開は一切起こらない。むしろ〈僕〉はひとりひとりの死に迫ることで新たな重荷を背負い、自身の行動によって過去はなにひとつ変わらないという事実に打ちのめされていく。

この悲痛な探偵行を通じて浮かび上がってくるのは、創作する者とそうでない者との間にある、あまりにも深く大きな溝だ。一篇の詩を生み出すためなら命を削ることも厭《いと》わない――それほど強烈な想いに突き動かされた者と、〝たかが詩のために？〟と首を傾げる者との絶対的な温度差。そのなんと残酷なことか。

余談だが、本作に描かれた、創作者、表現者の孤独と覚悟を哀しみとともに噛み締めていると、奇しくも著者と同じ金沢出身である洋画家・鴨居《かもい》玲《れい》の油彩画『1982年 私』を想起してしまう。縦一八〇センチ×横二五七・八センチのスケールで描かれているのは、過去の作品で描いてきた老人や裸婦などの人物たちがひしめくなか、真っ白なキャンバスを前になにも描くことができず、ただ呆然と座り込むしかない鴨居自身の痛ましい姿だ。描こうとしても描けない果てなき苦悶、その絶望的な苦しみをも巨大なひとつの作品にしてしまう恐るべき執念に目が釘付けになる。創作に囚われた者が行き着くひとつの極点といえる大作だ（鴨居はこの作品の発表から三年後、自ら命を絶ってしまう）。

閑話休題。

さらに物語には、少年時代から〈僕〉を知り、おせっかいなほど気に掛けてくれる人物——棗雅人《なつめまさと》が登場することで、創作者の苦悩がそう易々と第三者の正論や肯定によって解消されない複雑さも抜かりなく描かれている。〈僕〉が「暴力的な肯定」と呼ぶ棗の「忘れるなよ。世界の素晴らしさっていうのは、お前が生きてるってことだ。お前が生きて、詩を書いてるってことだ」「生きて書け。それだけで、お前の勝ちだ」といった気恥ずかしいほどにまっすぐな励ましの言葉が、どのように〈僕〉に作用するのかも注目すべき読みどころである。

こうして物語は次第に、創作者にとって最大のタブーといえる「命題」へと迫り、いよいよクライマックスを迎える。

本作に仕掛けられたもっとも大きなサプライズを経て、ホワイダニットの全貌が明らかになったとき、私は頰を濡らすほど激しく心を揺さぶられてしまった。死を遂げた〝詩人〟たちが救われるわけでも、詩を創作する未来に光が射すわけでもないこのラストは、決して明るいものとはいえない。なかには容赦なく〝さみしさ〟を突きつけるバッドエンドのように捉える向きもあるかもしれない。それでも、きっとこれこそが〝創作と表現を求め、挑み続ける人間の真理〟に違いないのだ。私は、〈僕〉がたどり着いたこの結末を、《探偵》の一節「死んでしまえばそれまでだから。／生きているうちに、見つけてみせる。／真実などはなく、／犯人などはいなくとも、／僕を殺した、僕の生きた意味を。」を思い返しながら疑う余地なくそう受け止めた。

本作は、つらい物語である。しかしそれゆえに、創作者、表現者に深く響き、また鑑賞者が作品と向き合う機会をもたらしてくれるに違いない。

人間から創作への渇望が消えぬ限り、本作は重要な意味を持ち続け、突き動かされるままに命を燃やす創作者たちの覚悟をより逞しく強いものにしてくれるだろう。だからこの解説でも、最後にもう一度この一文を挙げておこうと思う。

どうかこの一冊が、孤独と苦悩に耐えて創作と向き合う人々の手に届きますようにと強く願わずにはいられない。

本書は二〇一六年、小社より刊行された作品の文庫化です。

検印
廃止

著者紹介　1984年石川県生まれ。金沢大学卒。2006年『ミミズクと夜の王』で第13回電撃小説大賞〈大賞〉を受賞し、07年同作でデビュー。他の著作に『ガーデン・ロスト』『あやかし飴屋の神隠し』『サエズリ図書館のワルツさん』『ブランコ乗りのサン＝テグジュペリ』『大正箱娘』などがある。

現代詩人探偵

2018年4月13日　初版
2024年6月7日　再版

著者　紅《こう》玉《ぎよく》いづき

発行所　（株）東京創元社
代表者　渋谷健太郎

162-0814／東京都新宿区新小川町1-5
電話　03・3268・8231-営業部
　　　03・3268・8204-編集部
URL　http://www.tsogen.co.jp
DTP　キャップス
暁印刷・本間製本

乱丁・落丁本は、ご面倒ですが小社までご送付ください。送料小社負担にてお取替えいたします。

© 紅玉いづき　2016　Printed in Japan

ISBN978-4-488-48911-3　C0193

異なる時代、異なる場所を舞台に生きる少女を巡る五つの謎

LES FILLES DANS LE JARDIN AUBLANC

オーブランの少女

深緑野分

創元推理文庫

◆

美しい庭園オーブランの管理人姉妹が相次いで死んだ。
姉は謎の老婆に殺され、妹は首を吊ってその後を追った。
妹の遺した日記に綴られていたのは、
オーブランが秘める恐るべき過去だった——
楽園崩壊にまつわる驚愕の真相を描いた
第七回ミステリーズ！新人賞佳作入選作ほか、
昭和初期の女学生たちに兆した淡い想いの
意外な顚末を綴る「片想い」など、
少女を巡る五つの謎を収めた、
全読書人を驚嘆させるデビュー短編集。

収録作品=オーブランの少女，仮面，大雨とトマト，
片思い，氷の皇国

因習を守る一族を清艶に描くミステリ

THE GODDESS OF WATER◆Ruka Inui

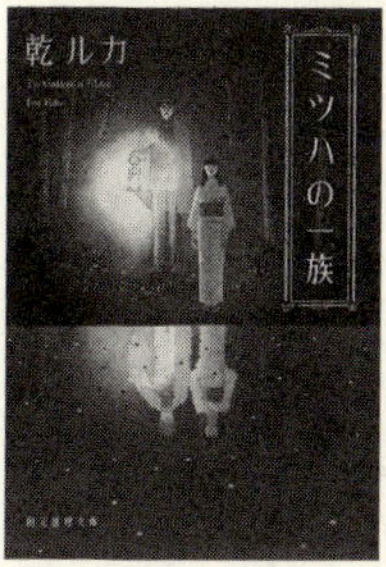

ミツハの一族

乾 ルカ

創元推理文庫

◆

未練を残して死んだ者は鬼となり、
水源を涸らし村を滅ぼす――。
鬼の未練の原因を突き止めて解消し、常世に送れるのは、
八尾一族の「烏目役」と「水守」ただ二人のみ。
大正12年、H帝国大学に通う八尾清次郎に、
烏目役の従兄が死んだと報せが届く。
新たな烏目役として村を訪ねた清次郎。
そこで出会った美しい水守と、
過酷な運命に晒される清次郎たち一族を描く、
深愛に満ちた連作集。

収録作品＝水面水鬼，黒羽黒珠，母子母情，青雲青山，常世現世

年収8000万、採用者は1人、ただし超能力者に限る

The Last Word of The Best Lie◆Yutaka Kono

最良の嘘の最後のひと言

河野 裕

創元推理文庫

◆

検索エンジンとSNSで世界的な成功を収めた大企業・
ハルウィンには、超能力研究の噂があった。
それを受け、ハルウィンはジョーク企画として
「４月１日に年収8000万で超能力者をひとり採用する」
という告知を出す。
そして審査を経て自称超能力者の７名が、
3月31日の夜に街中で行われる最終試験に臨むことに。
ある目的のために参加した大学生・市倉は、
同じく参加者の少女・日比野と組み、
１通しかない採用通知書を奪うため、
策略を駆使して騙し合いに挑む。
『いなくなれ、群青』、〈サクラダリセット〉の著者が贈る、
ノンストップ・ミステリ！